邺下文人集团研究

任慧◎著

燕山大学出版社
2020 · 秦皇岛

前　言

邺下文人集团是中国历史上第一个文学色彩极为明显的文人集团。

公元 204 年，曹操攻克邺城。公元 220 年，曹操病故，曹丕代汉称帝定都洛阳。十七年间，执掌大汉实权的曹氏父子以邺城为中心，不断稳固增强其政治、经济、军事实力。诸多文人为实现政治理想，因钦慕曹操威名逐渐汇集邺城，同时因为良好的文学环境和自身的文学才华，成就了邺下文学的大繁荣：

> 曹公父子，笃好斯文；平原兄弟，郁为文栋；刘桢、王粲，为其羽翼。次有攀龙托凤，自致于属车者，盖将百计。彬彬之盛，大备于时矣！①

尤其是在建安十三年（208 年）至建安二十五年（220 年）这十三年期间，以曹丕为文学领袖，以曹植、王粲、陈琳、徐幹、刘桢、应玚、阮瑀等人为主干，游园宴饮，吟诗作赋，同题共作，书信往来，切磋技艺，探讨文道，共同创造和经历了丰富的文事活动，体现出文人集团的集团性。同时创作了大量优秀的文学作品，主要涉及游宴、咏物、赠答、军戎、情爱等五种题材

---

① 钟嵘：《诗品注》，人民文学出版社，1998 年，第 1 页。

内容，丰富了作品的情感世界，提高了艺术表现技巧，推动了文学理论的发展，促进了文学的繁荣进步。如果不是建安二十二年（217 年）一场疾疫，王粲、徐幹、陈琳、刘桢、应玚等五人相继离世，邺下文人集团在中国文学史上一定会创造更加“云蒸霞蔚”的文学盛况。

邺下文人集团是建安文学的重要组成部分，其人员构成是建安文坛的主流文人，其文学创作亦能体现建安文学的主体风貌。但邺下文人集团并不能等同于建安文坛，重点即在于邺下文人所体现出的集团性、地域性和阶段性。集团性包括明确的领袖、明显的文事活动以及共同的文学创作经历。地域性和阶段性指曹魏集团立足于邺下的十三年，其时间亦短于建安时期，部分建安文人并未参与集团文事活动，故而邺下文人集团与建安文学（七子）不能一概而论。

总之，邺下文人集团以其特殊的时代背景，全新的集团形式，崭新的文学风貌，千载而下，备受关注。金代元好问《论诗三十首》称他们诗风为“邺下风流”，明代陆时雍《诗境总论》称他们为“邺下之材”，清叶燮《原诗》亦提到“邺下诸子”，凡此种种，不胜枚举。

文人集团是中国文学史上独具特色且颇具价值的文学现象，对于当时的文学风貌以及后世的文学流变都具有显著影响。以往的研究中，大多会用建安七子代替邺下文人集团来对汉末魏初的文学状况进行论述，本书通过充分的史料爬梳，对集团领袖和文事活动进行了开创性的梳理和论证，证明了邺下文人集团才是汉末魏初文坛的核心创作力量。

全书分为四部分：第一部分对集团基本构成要素，包括形成条件、时间、人员组成等方面进行梳理；第二部分结合系年、编年及现存诗文史料，以时间为序，对成员的文事活动进行系统的描述;第三部分将诗文创作的题材作分类研究,重点分析集团文士创作较为丰富的题材,其中涉及艺术特征、创作倾向的探讨与辨析;最后对邺下文人集团在中国文学发展史中的地位及作用作出评价,并将其对后世文学的影响给出分析:因为文人集团的形成与存在,王粲等文士的创作同前期有所差别,曹丕、曹植兄弟后期创作亦受影响,促进了文学的繁荣与发展。

本书系恩师詹福瑞先生负责的国家社科基金项目《魏晋南北朝文化思潮与文人集团、文学流派的研究》(01BZW016)的子课题成果。

目　录

一　邺下文人集团的基本要素

（一）形成原因

1. 曹操崛起，众多文人齐聚邺城

汉末之际，天下大乱，“家家欲为帝王，人人欲为公侯”[①]。诸多文士认清了东汉王朝的腐朽本质，不再对刘汉王室寄予希望，继承党人“以天下为己任”之精神，胸怀理想，不惜颠沛流离。

他们或者积极行动，希望尽快奉献自己微薄之力，帮助明主力挽狂澜，如王粲拒绝献帝诏除，从长安之荆州依刘表；陈琳先为何进主簿，后投奔袁绍为其“典文章”[②]；繁钦于荆州“见奇于刘表”[③]，邯郸淳亦“客荆州”[④]。或者暂时偏安一隅，期待明主出现共图不朽功业，如徐幹“避地海表”，复归旧都临淄，“幽居研

---

① 陈寿：《三国志》，中华书局，1959年，第598页。

② 陈寿：《三国志》，中华书局，1959年，第600页。

③ 陈寿：《三国志》，中华书局，1959年，第665页。

④ 陈寿：《三国志》，中华书局，1959年，第603页。

几”[1]；刘桢“沦飘薄许京”[2]；阮瑀“辞疾避疫，不为曹洪屈”[3]；仲长统“每州郡命召，辄称疾不就”[4]；应玚南北漂泊居无定所。

正如曹植在《与杨德祖书》中所言：

> 昔仲宣独步于汉南，孔璋鹰扬于河朔，伟长擅名于青土，公幹振藻于海隅，德琏发迹于大魏，足下高视于上京。当此之时，人人自谓握灵蛇之珠，家家自谓抱荆山之玉。[5]

群雄纷争的血雨腥风中，一代人杰曹操逐渐崛起。“摧袁氏于官渡，驱孙权于江外，逐刘备于陇右，破乌丸于白登。其余枭雄荡定者，往往如神，不可胜计”，霸业不断扩展，以其“雄略冠时，智谋出世”[6]的卓越政治军事才能形成了一股强大的向心力，吸引诸多以建功立业为人生目标的士人们，似乎看到了历史前进的光明方向，或投奔或受诏，纷纷来到邺下。

初平三年(192 年)，曹操进击黄巾军于东平寿张，曾经诏刘桢来归，刘因年少未就，献帝东迁后，投入曹操府中；建安九年，袁绍惨败，陈琳归降曹氏，为司空军谋祭酒；阮瑀“得太祖诏，即投杖而起”[7]，亦为司空军谋祭酒，掌管记室；建安十二年(207

① 徐幹：《中论》，涵芬楼影印明嘉靖乙丑(1565)青州刊本，第 3～4 页。

② 顾绍柏：《谢灵运集校注》，中州古籍出版社，1987 年，第 148 页。

③ 陈寿：《三国志》，中华书局，1959 年，第 600 页。

④ 陈寿：《三国志》，中华书局，1959 年，第 620 页。

⑤ 赵幼文：《曹植集校注》，人民文学出版社，1984 年，第 153 页。

⑥ 陈寿：《三国志》，中华书局，1959 年，第 598 页。

⑦ 陈寿：《三国志》，中华书局，1959 年，第 600 页。

年），曹操东征乌桓途径青州，慕名诏请"潜伏延年"的徐幹，幹"力疾应命，从戍征行"[①]；建安十三年（208 年），刘表病死，王粲力劝表子刘琮率荆州众部投降曹操，被辟为丞相掾，赐爵关内侯；邯郸淳因"太祖素闻其名，召与相见，甚敬异之"[②]；应玚于官渡之战（建安五年）之前，繁钦于建安十三年之前亦先后受命于曹氏，"吾王于是设天网以该之，顿八纮以掩之，今悉集兹国矣"[③]。加上原本就为曹氏集团成员的丁仪、丁廙、吴质、杨修等人，均是怀着以天下为己任的社会责任感和重造太平盛世的历史使命感，顺应历史潮流的发展趋势，以慷慨激昂、自强进取的精神风尚加入曹操军事集团的。

所以说文人汇聚邺下，一切缘于政治，缘于当时的社会形势，缘于文人心中难以熄灭的政治信念，与文学并无直接关系。但在客观上，众多出身世家、饱读诗书、颇有才华的文士聚集于此，就为邺下文人集团的形成和发展提供了必要的前提条件。

2. 曹氏集团重视文学，具有良好的文学环境

曹操广招天下贤才是为了壮大自身的实力，利用他们在文笔上的一技之长，为自己的政权服务，并不是想要创造一个文学上的繁荣局面；诸位文士归附曹操，是为了实现建功立业的政治思想，均非文学原因，但文人本身具有的文学修养及对文学的喜好，尤其是曹操父子对文学的重视，使得文人集团形成并发展。

作为一位杰出的政治家、军事家，曹操同时具有深厚的文化艺术修养。《魏书·武帝纪》载曹操"昼则讲武策，夜则思经传，

① 徐幹：《中论》，涵芬楼影印明嘉靖乙丑青州刊本，第 3～4 页。

② 陈寿：《三国志》，中华书局，1959 年，第 603 页。

③ 赵幼文：《曹植集校注》，人民文学出版社，1984 年，第 153 页。

登高必赋，及造新诗，被之管弦，皆成乐章”[①]。曹丕《典论·自序》言：“上雅好诗书文籍，虽在军旅，手不释卷。”[②]对文学艺术的爱好十分突出，并且水平之高、实力之强，当时各路军阀无以匹敌。“汉世，安平崔瑗，瑗子实，弘农张芝、芝弟昶，并善草书，而太祖亚之。桓谭、蔡邕善音乐，冯翊山子道、王九贞、郭凯等善围棋，太祖皆与埒能。”[③]

曹操不仅自身明古学，勤著述，而且重视子嗣文学素养的培养。史载曹丕“年八岁，能属文。有逸才，遂博贯古今经传诸子百家之书”[④]。曹丕在《典论·自序》中亦言，武帝“常言人少好学则思专，长则善忘。……余是以少诵诗、论，及长而备历五经、四部，《史》、《汉》、诸子百家之言，靡不毕览”。曹植“年十岁余，诵读《诗》、《论》及辞赋数十万言，善属文。……时邺铜雀台新成，太祖悉将诸子登台，使各为赋。植援笔立成，可观，太祖甚异之。”[⑤]曹彰“少善射御”，“太祖尝抑之曰：‘汝不念读书慕圣道，而好乘汗马击剑，此一夫之用，何足贵也！’课彰读《诗》、《书》”。[⑥]

不仅如此，曹操还为诸子官属专门设置“文学”，类似后世的教官一职。建安八年(203年)秋七月，曹操下修学令：

丧乱以来，十有五年，后生者不见仁义礼让之风，吾甚

---

① 陈寿：《三国志》，中华书局，1959年，第54页。

② 夏传才、唐绍忠：《曹丕集校注》，中州古籍出版社，1992年，第254页。

③ 范宁：《博物志校正》，中华书局，1980年，第115页。

④ 陈寿：《三国志》，中华书局，1959年，第57页。

⑤ 陈寿：《三国志》，中华书局，1959年，第557页。

⑥ 陈寿：《三国志》，中华书局，1959年，第555页。

> 饬之。其令郡国各修文学，县满五百户置校官，选其乡之俊造者而教学之，庶几先生之道不废，而有以益于天下。①

这样，一批文学家得以集中于曹丕、曹植兄弟周围，形成文学创作交流的良好环境。

先后为五官将文学的有如下数人：徐幹为五官将文学；应玚为平原侯庶子，后为五官将文学；苏林建安中为五官将文学；刘廙"太祖辟为丞相掾属，转五官将文学"②。建安二十二年（217 年）曹丕立为太子之后，刘桢、王昶、郑冲等人陆续成为太子文学。

曹植通过高选官属也招揽了一批文学之士。如毋丘俭为平原侯文学，应玚为平原侯庶子（庶子职同文学），徐幹、郑袤俱为临淄侯文学，邯郸淳为临淄侯文学，刘桢为平原侯庶子，任嘏为临淄侯庶子，司马孚为曹植文学掾。

作为下属的邺下文人，陪同雅好文学的曹氏兄弟游园唱和，参加他们组织的各种文事活动，既自然又方便。这就为邺下文人集团的文学化和集团化这两大基本特征提供了保证。

（二）人员组成

各地文人相继来到邺城，颇具规模。钟嵘在《诗品》总论中有所描述：

---

① 陈寿：《三国志》，中华书局，1959 年，第 24 页。

② 陈寿：《三国志》，中华书局，1959 年，第 614 页。

曹公父子，笃好斯文；平原兄弟，郁为文栋；刘桢、王粲，为其羽翼。次有攀龙托凤，自致于属车者，盖将百计。彬彬之盛，大备于时矣！①

刘勰于《文心雕龙·时序》篇中更为详细地谈到：

魏武以相王之尊，雅爱诗章；文帝以副君之重，妙善辞赋；陈思以公子之豪，下笔琳琅；并体貌英逸，故俊才云蒸。仲宣委质于汉南，孔璋归命于河北，伟长从宦于青土，公幹徇质于海隅，德琏综其斐然之思，元瑜展其翩翩之乐。文蔚休伯之俦，于叔德祖之侣，傲雅觞豆之前，雍容衽席之上，洒笔以成酣歌，和墨以藉谈笑。②

陈寿在《三国志·魏书·王粲传》论述建安七子之后，又提到：

自颍川邯郸淳、繁钦、陈留路粹、沛国丁仪、丁廙、弘农杨修、河内荀纬等，亦有文采③。

结合文人集团的基本特征，追随领袖开展相关文事活动，综合上述诸家所论，邺下文人集团的创作主体基本可以包括：武帝曹操、文帝曹丕、陈思王曹植、王粲（字仲宣）、陈琳（字孔璋）、徐幹（字伟长）、刘桢（字公幹）、应玚（字德琏）、阮瑀（字元瑜）、繁钦（字休伯）、杨修（字德祖）、吴质（字季重）、邯郸淳（字子叔）、丁仪

① 钟嵘：《诗品注》，人民文学出版社，1998 年，第 1 页。

② 范文澜：《文心雕龙注》，人民文学出版社，1958 年，第 673 页。

③ 陈寿：《三国志》，中华书局，1959 年，第 602 页。

(字正礼)、丁廙(字敬礼)、路粹(字文蔚)等人,加上前面提到的曹氏兄弟诸官属文学,便构成了“盖将百计,彬彬之盛”的邺下文人群体。

建安七子之一的孔融,虽“体气高妙,有过人者”(曹丕《典论·论文》),但因政治倾向主张与曹操不合,入邺后先作书与曹操,嘲讽曹丕私纳袁熙妻甄氏,又嘲讽曹操建安十二年北征乌桓及制酒禁,虽免官后又复用为太中大夫,但终因与曹操积怨太深而于建安十三年被陷害致死。从政治倾向、文事活动(文学创作)等方面来考虑,均未符合邺下文人集团的诸多界定,所以孔融并非邺下文人集团的成员之一。

(三)集团领袖

关于集团领袖,前人多有论及。或统称三曹,或言曹丕、曹植兄弟,或单云曹操、曹丕、曹植其中一人。曹氏父子三人对邺下文人集团各自具有其突出的贡献和作用,但却不能一概而论。作为领袖,应该具有这样几个条件:

首先,组织才能,有机会、有能力团结召集文人进行文学创作与交流;

其次,自身具有卓绝的文才,亲自参与文事活动,且以己之笔繁荣了文学创作;

第三,超乎众人的整体意识和发展眼光,能够做宏观思考,并以平等心态与他人探讨文人文风、文学功用及价值,且注重搜集、保留和弘扬集团文学成果。

本节以此为标准,以时间发展为序,分别考察曹操、曹丕和曹植三人在邺下十余年间的经历生活,探讨三人在集团中的地位。

1. 曹操

建安九年(204 年)八月，曹操攻克邺城，将其作为自己的政治根据地和大本营，稍作休整，十二月率军攻打叛将袁谭直至次年。

建安十年(205 年)正月曹操率军平定冀州。四月，“故安赵犊、霍奴等杀幽州刺史、涿郡太守。三郡乌丸攻鲜于辅于犷平”[①]，八月曹操遂出兵征战赵犊等人，又渡过潞水救援犷平，逼迫乌丸逃往塞外，十月始返回邺下。

建安十一年(206 年)正月，因降将高干趁曹操征讨乌丸之际率兵反叛，曹将乐进、李典击之未果，曹操亲征，耗时三月左右。八月，东征长广起义军官承，又带兵攻击屡屡入塞危害汉人的乌丸，直至年底。

建安十二年春二月，曹操率军还邺，仍欲北征三郡乌丸，因诸将力劝未成行，后于五月率军来到无终。七月遭遇大雨道路不通，无奈之下引军出卢龙塞，“堑山堙谷五百余里”[②]。八月，登上白狼山，大败乌丸。九月引兵还，作诗《步出夏门行》。

建安十三年正月，曹操返回邺城。六月，曹操为丞相。七月南征刘表，八月表亡，九月表子刘琮在王粲、傅巽、蒯越等人劝说下归降于曹，驻军江陵。十二月东下与周瑜、刘备战于赤壁，遭遇惨败，“士卒饥疫，死者大半”[③]，遂北还，狼狈至极。

建安十四年(209 年)三月，曹操率残余人马来到谯郡，得以修整，治理水军。七月“自涡入淮，出肥水，军合肥”[④]，十二月返回谯县。

建安十五年(210 年)似乎十分平静，史书仅记载曹操曾于春

---

① 陈寿:《三国志》，中华书局，1959 年，第 27 页。

② 陈寿:《三国志》，中华书局，1959 年，第 29 页。

③ 陈寿:《三国志》，中华书局，1959 年，第 1118 页。

④ 陈寿:《三国志》，中华书局，1959 年，第 32 页。

发天下求贤令，冬天在邺都北城西北建铜雀台，未有战事记载。

建安十六年（211 年）七月，曹操再次率军西征马超、韩遂、杨秋等十余部叛将，九月渡渭水大破马超、韩遂等，平定关中。十月自长安北征杨秋，围安定，杨秋投降。十二月自安定还。

建安十七年（212 年）正月，曹操回到邺下，心情闲适，率丕、植等兄弟游西园登铜雀台，写辞作赋。十月又开战事，南征孙权。

建安十八年（213 年）正月，曹操"进军濡须口，攻破权江西营，获权都督公孙阳，乃引军还"①。春天曹操军谯，四月还邺。五月为魏公，加九锡，建社稷宗庙。十一月置尚书、侍中、六卿，命王粲、卫觊并典制度，革创朝仪。

建安十九年（214 年）三月，"天子使魏公位在诸侯王上，改授金玺、赤绂、远游冠"②。七月曹操再征孙权，十月自合肥还，十二月至孟津。

建安二十年（215 年）三月，曹操西征张鲁至陈仓后，进驻长安，四月自陈仓出散关，作《秋胡行》，五月攻屠氐王窦茂，七月攻破张鲁军队，入南郑，十一月张鲁归降，十二月自南郑还。

建安二十一年（216 年）二月，曹军回到邺城，五月曹操获封为魏王。十月亲自训练士卒，随即东征孙权，十一月再次驻军谯郡。本年曹操制成百辟刀五枚，自作《百辟刀令》，曹植作《宝刀赋》《宝刀铭》，王粲奉命作《刀铭》。

建安二十二年正月，军居巢。二月进军，屯江西郝奚谷，攻打孙权，权败请降，三月率军返回。十月立曹丕为太子。是年冬天，天降疾疫，百姓多有死伤。

---

① 陈寿：《三国志》，中华书局，1959 年，第 37 页。

② 陈寿：《三国志》，中华书局，1959 年，第 43 页。

建安二十三年(218 年)正月,汉太医令吉本与少府耿纪、司直韦晃等起兵造反,曹操派人镇压。四月代郡、上谷乌丸无臣氏等叛,操遣其子曹彰征讨。七月,治兵西征刘备,九月至长安,十月令曹仁镇压反将侯音。

建安二十四年(219 年)三月,离开长安,率军攻打刘备,备因险据守阳平,曹操无奈遂于五月引军返回长安,刘备称汉中王。十月自长安回洛阳,又南征关羽,驻军摩陂。

建安二十五年(220 年)正月,曹操率军至洛阳。庚子日,曹操病卒,时年六十六岁。

从以上的简略梳理中可以看出,曹操以邺为根据地的十余年间,绝大部分时间四处征讨,主要精力忙于战事,胜利颇多,不仅自身少有诗文创作,且除了登铜雀台和命王粲作《刀铭》两件事外,基本上没有同文人的文学接触,更不要说亲自组织文事活动了。所以说曹操是政治领袖,是文人得聚邺下的重要因素,却非邺下文人集团的文学领袖。

2. 曹植

建安十年,尚且十四岁的曹植即从父东征袁谭。

建安十二年,曹植再次随父出征,北伐三郡乌丸,作《泰山梁甫行》。

建安十五年,曹植从父登铜雀台,挥笔作赋,“太祖甚异之”[①],得宠于曹操。次年五月,封为平原侯,刘桢、应玚为其庶子,与众文人诗赋唱和,侍曹丕宴,作《公宴诗》。秋天,抱病从征,作《离思赋》。途经洛阳时,因应玚奉命北上返邺,作《送应氏》与《洛阳赋》。十月,北征杨秋后,作《赠丁仪王粲》《三良诗》与《述行赋》。

---

① 陈寿:《三国志》,中华书局,1959 年,第 557 页。

建安十七年春，曹植与邺下文人一并游西园，登铜雀台，与父兄各作《登台赋》。秋天，同曹丕一道随操南征孙权，荀彧卒，作《光禄大夫荀侯诔》。

建安十八年春天，曹植从父军谯，作《临涡赋》《归思赋》。四月返邺，途中作《愁霖》《雨霖》二赋，后因献帝聘曹操三女为贵人，作《叙愁赋》。秋天作《离友诗》，回忆上年与夏侯威离别之情。同年长女夭折，作《金瓠哀辞》。

建安十九年，曹植徙封临淄侯，郑袤、徐幹、邯郸淳为其文学，与曹丕、王粲唱和，作《槐树赋》。逢曹操东征，留守邺城，作《东征赋》，又有《与吴季重书》。

建安二十年，曹植次女夭折，作《行女哀辞》，命徐幹、刘桢并作；有感于丕女亦亡，曹植自作《仲雍哀辞》。

建安二十一年三月，曹操亲耕籍田，曹植作《籍田赋》。适逢酷夏，与王粲等人共作《暑赋》，又与杨修书信往来，并赠诗徐幹。得曹操赐百辟刀一枚，作《宝刀赋》与《宝刀铭》。

建安二十二年，王粲病卒，曹植作《王仲宣诔》。后因违禁私开司马门，惹怒曹操，“植宠日衰”①；冬天，天将疾疠，作《说疫气》。

建安二十四年，曹植酒醉，未能奉父命救援曹仁，再次惹怒曹操。

建安二十五年，曹操病逝，曹植作《武帝诔》，就国临淄，离开邺城。

曹植生活于邺城的十五年间，前期多随父从征，颇得曹操喜爱；后因性格原因多任性而行，渐渐失去父亲的宠爱，于立嫡之争中败给曹丕。虽然天资聪颖，文学创作颇丰，但多个人作品，组织文人共同进行文事活动相对较少，并不符合领袖的要求。

---

① 陈寿:《三国志》，中华书局，1959 年，第 558 页。

3. 曹丕

建安九年，年方十七岁的曹丕随父来到邺城，纳袁绍中子熙之甄氏为妻。

建安十年，曹丕未同弟植随父出征，史载曾于春天射猎于邺城西部。

建安十一年正月，曹丕遵父命留守邺城，"仍出田猎，变易服乘"①，经崔琰书谏，作文表示承蒙教诲，该年喜得子睿。

建安十二年，曹植再次随父出征，曹丕仍留于邺。

建安十三年五月，因弟冲卒，作《曹仓舒诔》。七月终得机会随曹操南征，因父操赎回一代才女蔡文姬，有感而作《蔡伯女赋》。

建安十四年，曹丕跟随曹军来到谯郡，继续东征，途中作《浮淮赋》。十二月返回谯郡，作《感物赋》，并饮宴歌舞。

建安十五年，史载同曹操一样简单，冬季曹丕从父命与诸兄弟登台作赋。

建安十六年，曹丕为五官中郎将、丞相副，置官署，徐幹、苏林为其文学，与王粲、陈琳、徐幹、刘桢、阮瑀、应玚等诗赋唱和。七月第三次遵父命守邺，秋遇河间田银、苏伯起义，"遣将往伐，应时克灭"②。

建安十七年正月，曹丕作《答繁钦书》。春天从父及兄弟游西园，登铜雀台，作《登台赋》，后阮瑀卒，怆然伤心，作《寡妇诗》《寡妇赋》，命王粲并作。十月同弟植一道随父南征孙权。

建安十八年春，曹丕从父军谯，作《临涡赋》。秋冬时节随父出猎，作《校猎赋》，命王粲、陈琳、应玚、刘桢并作。

① 陈寿：《三国志》，中华书局，1959 年，第 368 页。

② 陈寿：《三国志》，中华书局，1959 年，第 659 页。

建安十九年盛夏之时，曹丕作《槐赋》，并命王粲作。

建安二十年，曹丕于孟津作《与钟繇书》《与吴质书》《答曹洪书》《孟津诗》《柳赋》。

建安二十一年十月，曹丕从父东征。

建安二十二年，曹丕亲临王粲丧事。十月得立太子，欢喜异常，命郑冲为文学。冬天，因徐幹、陈琳、应玚、刘桢一时俱逝，难言伤痛，撰写《典论·论文》，又作《与王朗书》《答卞兰教》《与钟繇书》《五熟釜铭》。

建安二十三年，曹丕编纂徐、陈、应、刘文集，作《与吴质书》。

建安二十四年，曹丕造百辟宝剑，作《剑铭》《与王朗书》。

建安二十五年，曹丕三十四岁之时，于邺城嗣位为丞相魏王，领冀州牧，作《与吴质书》《武帝哀策文》《短歌行》《武帝诔》等。六月出兵，南征孙权。十月代汉称帝，改年号黄初，更搜集经典，遣秘书郎郑默删定旧文。又召缪袭、王象、桓范、刘劭、韦诞等撰著经传，数年始成，号曰《皇览》。十二月，初营洛阳宫，戊午幸洛阳，离开邺城。自此邺城在历史及文学史上逐渐失去意义，邺下文人集团彻底宣告结束。

曹丕从十七岁至三十四岁，在邺城度过了风华正茂的美好青春，期间仅有三次随父出征，同曹操截然相反，绝大部分时间留守邺下。由普通的王子到五官中郎将、丞相副，直到终于战胜曹植得立太子，政治权力不断增强，有足够的时间、充裕的精力和相对占优势的地位，召集游园宴饮、诗赋唱和、同题共作、切磋诗艺，与文人为友、平等往来，组织文事活动。

曹丕不仅文学天分足以笼盖群伦，更能够从单一的文学创作中跳出来，从宏观的角度审视集团内部文人的创作情况，思考文学的功能问题，注意总结、搜集成果，亲自为逝者编选文集，尽心竭力，处处体现了领袖的风范胸襟。

曹丕为邺下文人集团的领袖，实在当之无愧。

（四）时间段限

邺下文人集团的得名首先缘于邺。邺既是地域名称，也代表时间界限，即自建安九年曹操攻占邺城，至建安二十五年曹丕建都洛阳的十六年间。

既然标明文人集团，就需要考虑该集团成员的组成及创作交流情况。“盖将百计”的盛大组织中，曹丕、曹植兄弟与王粲、陈琳、徐幹、刘桢、应玚、阮瑀等六子从地位、创作成果各方面无疑构成了文事活动的主体。建安十三年，王粲归附曹操，此时曹丕二十二岁，曹植十七岁，邺下文人集团的主要作家齐聚邺下，且繁钦、吴质、杨修、卞兰、丁仪、丁廙等人均在邺城，从此之后，集团成员文事活动日渐丰富，故将该年视为起始时间。

至建安二十二年，王粲等六子相继过世，曹丕成为太子，与曹植日益疏远，主要成员之间的游宴唱和等文事活动基本停止。但考虑曹丕在建安二十五年执掌魏国之前，编纂文集，撰写《典论·论文》，总结文人创作情况，从理论角度给予思考，且与繁钦、吴质、卞兰等书信往来，回顾昔日盛况，探讨文学发展及价值，更集中体现了作为领袖的责任，故而将建安二十五年定为邺下文人集团的终止时间。

因此，虽然王粲等六人在聚会邺下之前创作了很多脍炙人口的诗赋作品，曹丕、曹植兄弟在离开邺下之后也有优秀的作品流传后世，但本书既然从文人集团的角度入题，就将目光集中于建安十三年至建安二十五年这十三年间文人的文事活动经历、

文学创作的题材内容、艺术表现及集团整体对后世的影响三个方面，试图梳理出一个较为清晰的脉络，做些有益的探索。

二　邺下文人集团的文事活动

邺下文人集团所以得名，在于曹氏集团于邺城的十余年间，社会上诸多文士且不乏名士聚集邺下。邺下文人集团得以扬名不仅在于此，而且因为邺城时期出现了诗赋唱和、切磋诗文、集体创作等文事活动，创作的作品不仅在中国文学史上占据着重要的地位，对后世也起到了深远的影响。本章着力考察的就是自建安十三年至建安二十五年间，邺下俊彦们游园宴饮、诗赋竞豪、同题共作、书信往来等众多而精彩的文事活动。

建安十三年，曹丕、王粲、陈琳等人跟随曹操自江陵东下，与孙、刘联军战于赤壁，“不利。于是大疫，吏士多死者，乃引军还”[①]。返回途中，至襄阳，大约次年正月，曹操置酒汉滨，王粲举觞敬言：“明公定冀州之日，下车即缮其甲卒，收其豪杰而用之，以横行天下；及平江、汉，引其贤俊而置之列位，使海内回心，望风而愿治，文武并用，英雄毕力，此三王之举也”[②]。既发自内心地表达了对曹操英明神武的钦佩之情，作为臣属，也不无夸张地美言恭维刚刚经历了败绩的主人曹操一番。随后军经汉水，

---

① 陈寿：《三国志》，中华书局，1959 年，第 31 页。

② 陈寿：《三国志》，中华书局，1959 年，第 598 页。

王粲、陈琳、应场等人亲见汉女昔日游处，有感而发，各作《神女赋》，是现今可考邺下文人集团内部最早的同题共作作品。

同年三月，曹操率领人马由襄阳来到谯郡，随军文人们又创作了一批关于南征北归的赋作。

如曹丕《述征赋》，先言南征之事："建安之十三年，荆楚傲而弗臣，命元司以简旅，予愿奋武乎南鄀"。后叙北归之行："遵往初之旧迹，顺归风以长迈。"[①]王粲《初征赋》先云十余年前依刘表事："违世难以迴折兮，超遥集乎蛮楚"，同其《七哀诗》之"复弃中国去，委身适荆蛮"意味颇同。再云："行中国之旧壤，实吾愿之所依"，可知南从荆州刘表后一直未曾回过中原地区。归附曹操后，又逢赤壁之战，直至此时曹操引军北还，才有机会再次感受中土大地，"超南荆之北境，践周豫之末畿"。南荆之北境即南阳郡；周，即东、西二周之地。秦始皇灭二周，置三州郡，后汉为司州。"周豫之末畿"，指豫州与司州接壤之处。王粲纪行与曹操由襄阳北上谯郡路线十分相符。又言："春风穆其和畅兮"，时令亦合，可知所咏确为北还之事[②]。徐幹《序征赋》所叙路线时令均相符合："沿江浦以左转，涉云梦之无陂"，"乃振旅以复踪，泝朔风而北归"[③]。而阮瑀《纪征赋》则多言南征之事："惟蛮荆之作雠，将治兵而济河。遂临河而就济，瞻禹迹之茫茫。"[④]

合而观之，曹丕《述征》、王粲《初征》、徐幹《序征》、阮瑀《纪征》等赋均讲述了南征荆州、东往赤壁、北上襄阳、又还谯郡这一系列曹军此次出征的行军进程，时间也同为建安十三年至建安

---

① 夏传才、唐绍忠：《曹丕集校注》，中州古籍出版社，1992年，第52页。

② 俞绍初：《建安七子集》，中华书局，2005年，第103页。

③ 俞绍初：《建安七子集》，中华书局，2005年，第153页。

④ 俞绍初：《建安七子集》，中华书局，2005年，第163页。

十四年春天。正如俞绍初先生认为的，诸人之赋或回谯后一时唱和之作。

同年七月，曹操引军自涡入淮地。曹丕随军观旌帆之盛而作《浮淮赋》。其序云："建安十四年，王师自谯东征，大兴水军，泛舟万艘。……乃作斯赋云。"[①]王粲奉命亦作，其《浮淮赋》云："从王师以南征兮，浮淮水而遐逝"。交代前面的行军情况后，继而饱含激情地描绘曹操水军盛大精良的装备和训练有素的士兵，"运兹威以赫怒，清海隅之蒂芥。济元勋于一举，垂休绩于来裔"[②]，以及必将战无不胜的赫赫声威。同曹丕"浮飞舟之万艘兮，建干将之銛戈""武将奋发，骁骑赫节"的描述形神皆似，难分仲伯。

同年冬天十二月，曹军由合肥再次返回谯郡，曹丕夜宴众宾。刘桢《赠五官中郎将》诗四首其一纪其事：

昔我从元后，整驾至南乡。
过彼丰沛都，与君共翱翔。
四节相推斥，季冬风且凉。
众宾会广坐，明灯熹炎光。
清歌制妙声，万舞在中堂。
金罍含甘醴，羽觞行无方。
长夜忘归来，聊且为大康。
四牡向路驰，欢悦诚未央。[③]

---

① 夏传才、唐绍忠：《曹丕集校注》，中州古籍出版社，1992年，第54页。

② 俞绍初：《建安七子集》，中华书局，2005年，第99页。

③ 俞绍初：《建安七子集》，中华书局，2005年，第189页。

曹丕《于谯作诗》亦言其事：

清夜延贵客，明烛发高光。
丰膳漫星陈，旨酒盈玉觞。
弦歌奏新曲，游响拂丹梁。
余音赴迅节，慷慨时激扬。
献酬纷交错，雅舞何锵锵。
罗缨从风飞，长剑自低昂。
穆穆众君子，和合同乐康。①

好一个觥筹交错、歌舞欢腾的热闹场面！刘桢诗云“众宾会广座”，曹丕诗云“穆穆众君子”，那么随军征伐的王粲、陈琳、阮瑀、应玚、徐幹等人理应一同出席了这场盛会，亦应有所创制，只可惜无作品传世。

邺下文人集团形成之后的第一年，即建安十四年这短短的一年时间，而且是随军征战的途中，邺下俊彦们就已开始了频繁的文学交流活动，诗赋唱和，欢宴畅饮，开创了一个既崭新又繁荣的良好局面，也为日后迎来文事活动的全盛期，做好了铺垫。

建安十六年，邺下文人的亲密交往进入连波逐浪的高潮时期。是年正月，曹丕受封为五官中郎将，领袖的地位得到巩固和突显。徐幹、苏林成为五官将文学，邢颙、刘桢、应玚、毋丘俭、司马孚等人成为平原侯曹植家丞。五月，乃有著名的“南皮之游”。曹丕《与朝歌令吴质书》详记其事：

---

① 夏传才、唐绍忠：《曹丕集校注》，中州古籍出版社，1992年，第7页。

每念昔日南皮之游，诚不可忘。既妙思六经，逍遥百氏，弹棋闲设，终以博弈，高谈娱心，哀筝顺耳。驰骛北场，旅食南馆，浮甘瓜于清泉，沉朱李于寒水。皦日既没，继以朗月，同乘并载，以游后园，舆轮徐动，宾从无声，清风夜起，悲笳微吟，乐往哀来，凄然伤怀。[①]

多么热闹、逍遥的游宴场面呀！高谈阔论，弹棋鸣筝，皓日朗月，甘瓜朱李，车舆徐动，骏马驰骛……如此丰富、令人流连的活动是否邺下之士都参与了呢？《三国志·魏书·王粲传》裴松之注曰："太子即王位，又与质书曰：'南皮之游，存者三人，烈祖龙飞，或将或侯。今惟吾子，栖迟下仕，从我游处，独不及门。瓶罄罍耻，能无怀愧。路不云远，今复相闻。'"[②]"烈祖龙飞"为"烈丹龙飞"之误，可知吴质、曹真（字子丹）、曹休（字文烈）曾游南皮。此外，曹丕回忆此行时云："元瑜长逝，化为异物，每一念至，何时可言"[③]（《与吴质书》）。阮瑀于次年卒，本年是以丞相仓曹掾属的身份参加此次宴游的，那其他诸子呢？

首先，仲夏之时，曹操于邺下，并未出征，文人亦应留守于此。其次，《宋书·谢灵运传》论云："降及元康，潘、陆特秀，律异班、贾，体变曹、王，缛旨星稠，繁文绮合。缀平台之逸响，采南皮之高韵，遗风余烈，事极江右"[④]，可见南皮宴游之际，诸文士均有创制，故为史家所称。因此，除上述五人外，王粲、陈琳、应玚、

① 夏传才、唐绍忠：《曹丕集校注》，中州古籍出版社，1992年，第102页。

② 陈寿：《三国志》，中华书局，1959年，第609页。

③ 夏传才、唐绍忠：《曹丕集校注》，中州古籍出版社，1992年，第102页。

④ 沈约：《宋书》，中华书局，1974年，第1778页。

徐幹、刘桢等人或也随行其中，只可惜作品流传甚少。

经过“南皮之游”，曹氏兄弟与王粲等众人日渐友善，行止相随，诗赋唱和，交往深矣。《三国志·魏书·王粲传》记载：“始文帝为五官将，及平原侯植皆好文学。粲与北海徐幹字伟长、广陵陈琳字孔璋、陈留阮瑀字元瑜、汝南应玚字德琏、东平刘桢字公幹，并见友善。”①曹丕在《又与吴质书》中更为详细地回忆了邺中游宴的情形：“昔日游处，行则连舆，止则接席，何尝须臾相失。每至觞酌流行，丝竹并奏，酒酣耳热，仰而赋诗。当此之时，忽然不自知乐也。”②

诸文人邺中游宴之所为铜雀园。据《三国志·魏书·武帝纪》，建安十五年冬筑铜雀台后，于文昌殿西侧，依台而建园。邺因地理位置分南北二地，铜雀园位于北城，故称北园，又因其在北城之西北，故又被称为西园，诸人在此多有创作。曹丕《芙蓉池作诗》云：

乘辇夜行游，逍遥步西园。
双渠相溉灌，嘉木绕通川。
卑枝拂羽盖，修条摩苍天。
惊风拂轮毂，飞鸟翔我前。
丹霞夹明月，华星出云间。
上天垂光彩，五色一何鲜。
寿命非松乔，谁能得神仙。

---

① 陈寿：《三国志》，中华书局，1959年，第599页。

② 夏传才、唐绍忠：《曹丕集校注》，中州古籍出版社，1992年，第108页。

遨游快心意，保己终百年。[①]

曹植和曹丕《芙蓉池作》有《公宴诗》：

公子敬爱客，终宴不知疲。
清夜游西园，飞盖相追随。
明月澄清景，列宿正参差。
秋兰被长坂，朱华冒绿池。[②]

刘桢亦有《公宴诗》：

永日行游戏，欢乐犹未央。
遗思在玄夜，相与复翱翔。
辇车飞素盖，从者盈路傍。
月出照园中，珍木郁苍苍。
清川过石渠，流波为鱼防。
芙蓉散其华，菡萏溢金塘。
灵鸟宿水裔，仁兽游飞梁。
华馆寄流波，豁达来风凉。
生平未始闻，歌之安能详。
投翰长叹息，绮丽不可忘。[③]

---

① 夏传才、唐绍忠：《曹丕集校注》，中州古籍出版社，1992年，第4页。

② 赵幼文：《曹植集校注》，人民文学出版社，1984年，第49页。

③ 俞绍初：《建安七子集》，中华书局，2005年，第188页。

飞盖车辇，明月华星，朱华秋兰，金塘绿池……好一场逍遥夜游！

史载曹丕"为太子时，北园及东阁讲堂并赋诗，命王粲、刘桢、阮瑀、应玚等同作"①。考曹丕于建安二十二年始为太子，而阮瑀在十七年已亡去，可知"太子"二字为后人编集时所加。上面已言作于北园之篇什，另据俞绍初先生考证，作于东阁讲堂的诗篇亦十分集中。

曹丕《善哉行》其一解云：

朝日乐相乐，酣饮不知醉。
悲弦激新声，长笛吹清气。
弦歌感人肠，四坐皆欢悦。
寥寥高堂上，凉风入我室。②

《初学记》题云："于讲堂作"，即指东阁讲堂。又王粲《公宴诗》云：

昊天降丰泽，百卉挺葳蕤。
凉风撤蒸暑，清云却炎晖。
高会君子堂，并坐荫华榱。
嘉肴充圆方，旨酒盈金罍。
管弦发徽音，曲度清且悲。
合坐同所乐，但诉杯行迟。
常闻诗人语，不醉且无归。
今日不极欢，含情欲待谁。

---

① 徐坚等：《初学记》，中华书局，1962年，第230页。

② 夏传才、唐绍忠：《曹丕集校注》，中州古籍出版社，1992年，第44页。

见眷良不翅，守分岂能违？
古人有遗言，君子福所绥。
愿我贤主人，与天享巍巍。
克符周公业，奕世不可追。[①]

李善注此诗为侍曹操宴，此主人谓太祖，其实不然。因为周公此喻曹丕，何以见得？曹丕《善哉行》其四解云："慊慊下白屋，吐握不可失。众宾饱满归，主人苦不悉。"以周公自况。曹植亦有文以周公喻曹丕者，如《娱宾赋》云："欣公子之高义兮，德芬芳其若兰。扬仁恩于白屋兮，逾周公之弃餐。听仁风而忘忧兮，美酒清而肴甘"[②]。此两证可知王粲所侍非曹操而为曹丕宴，且正值夏暑之际，故感于"凉风"吹过带走炎热。

陈琳之《宴会诗》也是作于此时："凯风飘阴云，白日扬素晖。良友招我游，高会宴中闱。玄鹤浮清泉，绮树焕青蕤。"[③]"凯风"为南风，夏日东南风吹来自然捎来凉爽，与粲诗时令相合。应玚亦有《公宴诗》："巍巍主人德，嘉会被四方。开馆延群士，置酒于新堂。"[④]此"斯堂"盖指东阁讲堂。

曹植《侍太子坐诗》描述之季节场景、心情意趣亦如此："白日曜青春，时雨静飞尘。寒冰辟炎景，凉风飘我身。清醴盈金觞，肴馔纵横陈。齐人进奇乐，歌者出西秦。翩翩我公子，机巧

---

① 俞绍初：《建安七子集》，中华书局，2005 年，第 89 页。

② 赵幼文：《曹植集校注》，人民文学出版社，1984 年，第 47 页。

③ 俞绍初：《建安七子集》，中华书局，2005 年，第 35 页。

④ 俞绍初：《建安七子集》，中华书局，2005 年，第 171 页。

忽若神。[①]”诗中称“公子”，可推题目中“太子”当是日后追改。

应玚《侍五官中郎将建章台集诗》虽未标明作于东阁讲堂，但其所云“公子敬爱客，乐饮不知疲。……为且极欢情，不醉其无归。凡百敬尔位，以副饥渴怀”[②]，其意趣与上述诸诗大致相同。何况繁钦于《建章凤阙赋》中所叙建章凤阙之地理、形制与左思《魏都赋》所说铜雀台十分相符，建章台即为铜雀台，故此诗亦应为同时所作。

谢灵运《拟魏太子邺中集诗》序言曰：“建安末，余时在邺宫，朝游夕燕，究欢愉之极，天下良辰、美景，赏心、乐事，四者难并；今昆弟友朋，二三诸彦，共尽之矣。”[③]可知当时诗赋唱和、行止相随、娱心乐体之盛况。谢作尚有徐幹而今不见其有《公宴诗》，盖亡佚不存。而尚存阮瑀之《公宴诗》，因其所云“阳春和气动，贤主以崇仁”[④]，与诸人之作时令明显不合，疑非该年之宴所作。

同在东阁讲堂，文人应曹丕之命各有赋作。曹丕先作《戒盈赋》，其序云：“避暑东阁，延宾高会，酒酣乐作，怅然怀盈满之戒，乃作斯赋”。其赋云：

何今日之延宾，君子纷其集庭。
信临高而增惧，独处满而怀愁。
愿群士之箴规，博纳我以良谋。

---

① 赵幼文：《曹植集校注》，人民文学出版社，1984年，第178页。

② 俞绍初：《建安七子集》，中华书局，2005年，第172页。

③ 顾绍柏：《谢灵运集校注》，中州古籍出版社，1987年，第135页。

④ 俞绍初：《建安七子集》，中华书局，2005年，第161页。

于是陈琳、阮瑀作《止欲赋》，王粲作《闲邪赋》，应场作《正情赋》，曹植作《静思赋》，此五人之作的体式颇似陶渊明之《闲情赋》。何公焕注《闲情赋》篇亦将此五首同引，可证诸篇旨意相似。何种旨意？《闲情赋》序有言："初，张衡作《定情赋》，蔡邕作《静情赋》，检逸辞而宗澹泊，始则荡以思虑，而终归闲正。将以抑流宕之邪心，谅有助于讽谏。"[①]指辞赋创作既要抒发爱之真情实感，又要防止流于淫荡而伤害礼仪。刘桢《清虑赋》虽未同上共引，但题意相符，亦应为同作。另有繁钦《抑检赋》，其残文云："翳炎夏之白日，救隆暑之赫曦"，亦应为同时所作。

建安十六年秋七月，曹操西讨叛将马超、韩遂等人，曹丕奉命留守邺城，曹植抱病从征，阮瑀、王粲、徐幹、应场等人皆随军出征，从而暂时结束了昼夜欢会、饮酒作诗的邺中游宴，但于行军途中，文人创作交流的活动依然十分丰富。

此行是阮瑀最后一次为曹氏集团效力。途中太祖尝使其作书与韩遂，阮瑀于马上草具书信，"书成呈之。太祖揽笔欲有所定，而意不能增损"[②]，成就一段以文为名的美谈佳话。同时所作的《为曹公作书与孙权》，既怀柔好言，体现曹操当时的战略意图；又立场强硬，维护曹操大汉丞相的尊严，恩威并用，甚为得体。张溥称之为"文词英拔，见重魏朝"[③]。由邺向下，路过首阳山时，阮瑀与王粲各作《吊伯夷文》《吊夷齐文》，遥吊二位守节忠贞、采薇而食的商朝亡人。十二月，曹军辗转自安定回长安时，王、阮二人因入秦故地，有感于三良及荆轲之事，再次同题而作。曹植同年《三良诗》亦咏三良殉葬秦穆公事，应该是三人互相唱

① 逯钦立：《陶渊明集》，中华书局，1979，第153页。

② 陈寿：《三国志》，中华书局，1959年，第601页。

③ 张溥：《汉魏六朝百三家集》，扫叶山房石印本，1925年，第81页。

和而作。

应玚以平原侯庶子身份从征马超，至洛阳，被命转为五官将文学，遂与曹植作别北上回邺，曹植作《送应氏》诗二首表达"别促会日长"之不舍心情。十月，大军度函谷、过西京所向披靡之时，曹植又作《赠丁仪王粲诗》，"首言别后，纪所历山词宫阙之盛。次四句，颂魏武之功。来二句，伤其不见用，而勖之以自勉也"①。

文人载笔而从师，得以亲自体验并实现建功立业的理想抱负，一路之上，所见所想倾注于笔端，叙述征战过程，抒发心中感慨。曹植从征前作《离思赋》，"意有怀恋"。军胜杨秋后又作《述行赋》，同王粲之《征思赋》大概同时。徐幹亦有《西征赋》："奉明辟之渥德，与游轸而西伐。……伊吾侪之挺力，获载笔而从师。"②

刘桢与徐幹同为五官将文学，随侍太子却未能随军出征，无法与诸文人于行军途中感志悯怀，其原因应该在于失敬被刑。"太子尝请诸文学，酒酣坐欢，命夫人甄氏出拜。坐中众人咸伏，而桢独平视。太祖闻之，乃收桢，减死输作。"③《世说新语·言语篇》注引《典略》谓桢平视甄氏事在建安十六年，《文士传》亦有记载。刘桢被问罪时，写诗与徐幹，宣泄心中苦闷抑郁及愤慨不平："拘限清切禁，中情无由宣。思子沉心曲，长叹不能言。起坐失次第，一日三四迁。……仰视白日光，皦皦高且悬"。徐幹体会到挚友的心情速作《答刘桢诗》："与子别无几，所经未一旬。我思一何笃，其愁如三春。"④表达思念抚慰之意。此事由"陶

① 吴淇：《六朝选诗定论》，清康熙八年(1669)刻本，卷五。
② 俞绍初：《建安七子集》，中华书局，2005 年，第 152 页。
③ 陈寿：《三国志》，中华书局，1959 年，第 602 页。
④ 俞绍初：《建安七子集》，中华书局，2005 年，第 144 页。

陶”句可知发生于夏秋之交，曹操尚未西征之时。繁钦亦从征，却无诗赋存。陈琳亦无记载。

建安十七年正月，曹军胜利返回邺城，春风和穆之际，曹操带领曹丕、曹植诸兄弟游西园，登铜雀台，并作词赋。曹丕有《登台赋》，其文曰：

登高台以骋望，好灵雀之丽娴。
飞阁崛其特起，层楼俨以承天。
步逍遥以容与，聊游目于西山。
溪谷纡以交错，草木郁其相连。
风飘飘而吹衣，鸟飞鸣而过前。
申踌躇以周览，临城隅之通川。

曹植《登台赋》亦存：

从明后而嬉游兮，登层台以娱情。
见太府之广开兮，观圣德之所营。
建高门之嵯峨兮，浮双阙乎太清。
立中天之华观兮，连飞阁乎西城。
临漳水之长流兮，望园果之滋荣。
仰春风之和穆兮，听百鸟之悲鸣。[①]

邺下俊彦再次齐聚邺下，刘桢也因以石自喻精辟有理，而得到曹操赦免，复为文学，本可以继续游宴唱和，谁料是年初冬之

① 赵幼文：《曹植集校注》，人民文学出版社，1984 年，第 44～45 页。

际，阮瑀竟然薄命早亡了。曹丕“伤其妻孤寡”，遂作《寡妇诗》：“霜露纷兮交下，木叶落兮凄凄。候雁叫兮云中，归燕翩兮徘徊。妾心感兮惆怅，白日急兮西颓。守长夜兮思君，魂一夕兮九乖。怅延伫兮仰视，星月随兮天回。徒引领兮入房，窃自怜兮孤栖。愿从君兮终没，愁何可兮久怀”。又作《寡妇赋》。并命王粲亦作。王粲赋云：“阖门兮却扫，幽处兮高堂。提孤孩兮出户，与之步兮东厢。顾左右兮相怜，意凄怆兮摧伤。……坐幽室兮无为，登空床兮下帏。涕流连兮交颈，心憯结兮增悲。”[①]丁廙（妻）亦有《寡妇赋》：“含惨悴其何诉，抱弱子以自慰。……仰皇天而叹息，肠一日而九结”，所叙悲苦之情，读之令人怆然伤心。王粲又作《阮元瑜诔》，另其《思友赋》所思之人盖即阮瑀，亦应为此时作矣。

是年，曹丕于邺与丞相主簿繁钦有书信往来。繁钦《与魏太子书》言“正月八日壬寅”，表明为随军从征返回都邑途中所作。曹丕接书后，随即回复作《答繁钦书》，又有《叙繁钦》。二人虽非探讨政事亦非文学，而是品评声乐和善唱妙伎之人，亦反映出邺下文人书信往来品藻的一种风气。

建安十八年，曹丕、曹植兄弟随父驻军谯地，有同题之作。曹丕赋序曰：“上建安十八年至谯，余兄弟从上拜坟墓，遂乘马游观，经东园，遵涡水。相伴乎高树之下，驻马书鞭。”作《临涡赋》，赋言：“荫高树兮临曲涡，微风起兮水增波，鱼颉颃兮鸟逶迤，雌雄鸣兮声相和，蓱藻生兮散茎柯，春木繁兮发丹华”。鸟翔鱼游，雌雄相和，水长花开，草茂枝繁，好一片恬静平和、自然秀丽的灿烂春景。曹植《临涡赋》今已不存。

四月，曹军由谯还邺，回师途中曹丕、曹植、王粲、应玚四人同有《愁霖》《雨霖》二赋。曹丕《愁霖赋》言：“脂余车而秣马，将

---

① 俞绍初：《建安七子集》，中华书局，2005 年，第 102 页。

言旋乎邺都。玄云黯其四塞,雨蒙蒙而袭予。涂渐洳以沉滞,潦淫衍而横湍。岂在余之惮劳,哀行旅之艰难。"曹植同名赋言:"迎朔风而爰迈兮,雨微微而逮行。悼朝阳之隐曜兮,怨北辰之潜精。车结辙以盘桓兮,马踯躅以悲鸣。"[1]应玚赋云:"听屯雷之恒音兮,闻左右之叹声。……云暧暧而周驰,雨蒙蒙而雾零。"[2]皆以真实的笔法,真情的笔调,表现战争生活的艰苦,环境的恶劣,亦暗示军中将士跋涉前进、不畏艰险的精神。

是年,曹丕从曹操狩猎,命陈琳、王粲、应玚、刘桢并作校猎之赋。挚虞《文章流别论》曰:"琳为《武猎》,粲为《羽猎》,玚为《西狩》,桢为《大阅》,凡此各有所长,粲其最也。"[3]从今仅存王粲、应玚二篇残文看来,内容不外乎颂扬曹操狩猎的飒爽雄姿。从《羽猎》称曹操为"相公",《西狩》称其为"魏公",且言"风肃而川逝,草木纷而摇荡",可知此事应在该年曹操为魏公的秋冬季节。

随后的两年间,邺下文人集团的文事活动明显分为两类:一为命作,二为书信往来。徐幹、刘桢皆转至曹植府中,分别为临淄侯文学和临淄侯庶子;郑袤、邯郸淳亦任临淄侯文学。

十九年夏,曹丕自作《槐赋》,并命王粲作。曹丕赋序云:"文昌殿中槐树,盛暑之时,余数游其下,美而赋之。王粲直登贤门,小阁外亦有槐树,乃就使赋焉。"曹丕言:"有大邦之美树,惟令质之可嘉。"王粲即有言:"惟中唐之奇树,禀自然之天姿"。曹丕云:"修干纷其漼错,绿叶萋而重阴。"王粲亦云:"丰茂叶之幽蔼,

① 赵幼文:《曹植集校注》,人民文学出版社,1984 年,第 52 页。

② 俞绍初:《建安七子集》,中华书局,2005 年,第 174 页。

③ 挚虞:《文章流别论》,扫叶山房石印本,1925 年。

履中夏而敷荣”，奉教之作特征十分明显[①]。曹植亦有《槐赋》：“凭文昌之华殿，森列峙乎端门。……在季春以初茂，践朱夏而乃繁。”[②]与曹丕赋“承文昌之邃宇，望迎风之曲阿。……伊暮春之既替，即首夏之初期”等句意思极为相近，亦应是同时唱和之作。另繁钦有《槐树诗》，今仅存四句：“嘉树吐翠叶，列在双阙涯。旖旎随风动，柔色纷陆离。”似乎亦为同作。

曹丕是位情感十分细腻、一触即发的诗人，对身边的一草一木皆如此。建安二十年夏，又作《柳赋》。其序曰：“昔建安五年，上与袁绍战于官渡。时余始植斯柳。自彼迄今，十有五载矣，感物伤怀，乃作斯赋。”[③]王粲再次奉教和作：“昔我君之定武，致天届而徂征。元子从而抚军，值嘉木于兹庭。历春秋以逾纪，行复出于斯乡。”[④]陈琳、应玚并作有《柳赋》，惜佚文太多，或许也是同时所作。

是年另一命作，因由未免伤感。“文帝、临淄侯各失稚子，命徐幹、刘桢等为之哀辞”[⑤]。曹植作《行女哀辞》云：“伊上灵之降命，何短修之难哉。……感逝者之不追，情忽忽而失度。天盖高而无阶，怀此恨其谁诉！”[⑥]其因三年之中，金瓠、行女二子皆亡，哀伤之情，悲恸至极。对曹丕之女仲雍，亦怀辛酸凄切之情：“哀绵绵之弱子，早背世而潜形。……阴云回于素盖，悲风动其扶

① 俞绍初：《建安七子集》，中华书局，2005年，第112页。

② 赵幼文：《曹植集校注》，人民文学出版社，1984年，第146～147页。

③ 夏传才、唐绍忠：《曹丕集校注》，中州古籍出版社，1992年，第66页。

④ 俞绍初：《建安七子集》，中华书局，2005年，第112页。

⑤ 挚虞：《文章流别论》，扫叶山房石印本，1925年。

⑥ 赵幼文：《曹植集校注》，人民文学出版社，1984年，第182页。

轮。临埏闼以歔欷，泪流射而沾巾。”①（曹植《仲雍哀辞》）徐幹、刘桢之赋今皆只存目不见文，但似乎伟长之作更胜一筹。《文心雕龙·哀吊》有言：“建安哀辞，惟伟长差善，《行女》一篇，时有恻怛。”②

这两年文事活动的另一显著方面是书札往来频繁，涉及曹丕、曹植、刘桢、吴质等人。

首先看曹丕与吴质。吴质“以才学通博，为五官将及诸侯所礼爱”③，曾与刘桢等并坐五官将宴席。为朝歌长时，曾建议曹丕泣辞曹操，又两次设计帮助曹丕博取人心压制曹植，因而得到曹丕信任。建安十九年，吴质迁元城令，经过邺城，辞别太子，到任职地作《与魏太子笺》。他首先感谢曹丕侍宴延纳之恩情，又叙说元城的地理、文化、风俗情况，表示必将以史为训、忠于职守的信心和决心。曹丕收到此笺后，作《与吴质书》，叮嘱关心之余，主要回忆昔日南皮之游，纵论诗书、设局博弈的美好生活，继而感叹虽“方今蕤宾纪时，景风扇物，天气和暖，众果具繁”，然而元瑜长逝，季重赴任他处，“节同时异，物是人非”，不知何时再可见面长谈，抒发浓浓的离别相思之情④。

曹丕还于建安二十年作《叙陈琳》：“上平定汉中，族父都护还书与余，盛称彼方土地形势。观其词，知陈琳所叙为也。”此篇十分简短，但其收到叔父曹洪写来的书信，一看便知是陈琳代

① 赵幼文：《曹植集校注》，人民文学出版社，1984 年，第 122～123 页。

② 范文澜：《文心雕龙注》，人民文学出版社，1958 年，第 240 页。

③ 陈寿：《三国志》，中华书局，1959 年，第 607 页。

④ 夏传才、唐绍忠：《曹丕集校注》，中州古籍出版社，1992 年，第 102 页。

作，足以表明他对陈琳的了解细致又深入，也证明文人间的交往频繁和友谊深厚。刘桢诗赠曹丕亦是很好的例证。《文选》载刘桢《赠五官中郎将四首》，认为其三“秋月多悲怀，感慨以长叹”当是作于是年秋天，曹丕于孟津时①。

曹丕与文士保持平等、友好的书信往来，曹植也是这样的。建安十九年，曹植作《与吴季重书》，先叙二人相识之情，继而对其“谓若无人”的逞才行为委婉地给予了批评建议，希望其开阔眼界胸怀，内塑修养，外强政绩，情挚意切。吴质后来的回信亦是如此。

建安二十一年是邺下文人集团活动依然活跃的最后一个年头。曹操自二月至十月一直于邺休养生息，文人们无须随军，再次得以于邺城奉制唱和，书信往来。

是年，曹操做成百辟刀五枚，赐给五官将、临淄侯、饶阳侯各一枚，自存二枚，并作《百辟刀令》。曹植遂作《宝刀赋》，开篇称颂父王英明神武，具文治武功之德，“有皇汉文明后，思明达而玄通。飞文藻以博致，杨武备以御凶”。中间描述宝刀在天神指点下的铸造过程，其锋利无比，可以“陆断犀革，水断龙角；轻击浮截，刃不纤削”②。王粲身为侍中并关内侯，奉命作《刀铭》。

该年，文人的最后一次同题共作发生在酷热炎夏之时。曹植、王粲、陈琳、刘桢各作《大暑赋》一首，繁钦亦存《暑赋》一首，旨意十分类似。曹植、王粲之赋，开篇铺叙暑热给自然界造成的异常变化，中间描述给人们生活带来的苦恼和不便，结尾描写帝王避暑处的凉爽清静。陈琳赋仅存四句：“土润溽以歊烝，时澳

① 吕延济等：《文选》四部丛刊本，商务印书馆，1926 年。

② 赵幼文：《曹植集校注》，人民文学出版社，1984 年，第 160 页。

涊以溷浊。温风郁其彤彤，譬炎火之烛烛。”形容温风炎火、温热潮涨的艰难酷热。刘桢赋是从描述“赫赫炎炎，烈烈晖晖”之炎热及其给人类和动物带来的不良反应两方面入手，繁钦亦是如此：“大火飏光，炎气酷烈。沉阳腾射，滞暑散越。区寓郁烟，物焦人渴。煌煌野火，焚薄中原”[①]。

曹植与杨修书信往来，品评其时作家，表达文学观点，畅谈为人与为文之关系。二人并同题共作，杨修有感于曹植文采藻盛，或辞让，或竟月不敢献呈。曹植亦赠诗徐幹。其时徐幹“从戍征行，历载五六。疾稍沉笃，不堪王事”，得太祖允许，“潜身穷巷，颐志保真”[②]，以著书为务。曹植《赠徐幹》云：“顾念蓬室士，贫贱诚足怜。薇藿弗充虚，皮褐犹不全。慷慨有悲心，兴文自成篇。”[③]对徐幹的德行表达钦佩之情，以及恳切的希望和慰勉，情真意切。

建安二十二年，邺下文人集团经历了六年的高潮期后开始走向衰落。标志性的事件有两个：一为王粲、刘桢、陈琳、应玚、徐幹等人相继去世；二为经过多年的子嗣之争，曹丕终因政治权术优于曹植得立太子。这样，继建安十七年阮瑀病故后，邺下文人集团的主要作家或亡或散，创作交流也就难以继续了。

史载王粲“二十二年春，道病卒，时年四十一”[④]。据《三国志·魏书·武帝纪》及《三国志·魏书·司马朗传》可知，是年正

---

① 严可均：《全上古三代秦汉三国六朝文》（第二册），河北教育出版社，1997 年，第 871 页。

② 徐幹：《中论》，涵芬楼影印明嘉靖乙丑青州刊本，第 3～4 页。

③ 赵幼文：《曹植集校注》，人民文学出版社，1984 年，第 42 页。

④ 陈寿：《三国志》，中华书局，1959 年，第 599 页。

月，曹操率军居巢，军士大疫，王粲未能幸免。曹植亲作《王仲宣诔》表达哀痛之情：

> 维建安二十二年正月二十四日戊申，魏故侍中关内侯王君卒，呜呼哀哉！皇穹神察，哲人是恃。如何灵祇，歼我吉士。谁谓不痛！早世即冥，谁谓不伤？[①]

从其高贵出身写起，审视他不平凡的一生，称赞其英才卓著。回忆与己之友谊欢笑，表达情感真挚笃厚、意切婉转，文章生动。曹丕亦为失去这样一位好友而心痛，不仅亲自参加王粲的葬礼，而且抛弃身份之尊，“顾语同游曰：‘王好驴鸣，可各作一声以送之。’赴客皆一作驴鸣”[②]。

冬天，“天降疫疠，民有凋伤”[③]，“家家有僵尸之痛，室室有号泣之哀。或阖门而殪，或覆族而丧”[④]（曹植《说疫气》），“徐、陈、应、刘一时俱逝”[⑤]（曹丕《又与吴质书》）。曹丕深感伤悲，次年作书与吴质，追念王、陈、徐、阮、应、刘等六人，回忆昔日游乐赋诗酣宴盛景，藻品评论诸子文章典雅隽永，并将六人遗文结为一集，充分显示了其与文人间的友情和领袖的气度。吴质《答魏太子笺》所述问题之角度、观点亦与曹丕十分契合。

---

① 赵幼文：《曹植集校注》，人民文学出版社，1984年，第163页。

② 刘义庆：《世说新语》，中华书局，1999年，第399页。

③ 陈寿：《三国志》，中华书局，1959年，第51页。

④ 赵幼文：《曹植集校注》，人民文学出版社，1984年，第177页。

⑤ 夏传才、唐绍忠：《曹丕集校注》，中州古籍出版社，1992年，第108页。

是年十月，曹丕立为魏太子，欢喜异常，作《太子》，又作《与王朗书》，感叹士人因疫凋落，提出“惟立德扬名，可以不朽，其次莫如著篇籍”的观点，并在其后完成的《典论》中有进一步的表述。同年，卞兰献赋述太子德美，曹丕作《答卞兰教》，告谕卞兰作赋颂应“不虚其辞”，又因其诚意赐牛一头。

二十三年，身为丞相主簿之繁钦卒。次年杨修数次得罪曹操，终因漏泄言教而被诛。邺下文人集团又两位干将相继辞世。丁仪兄弟一直与曹植亲善，建安二十四年(即黄初元年)，曹丕即王位后，“诛丁仪、丁廙并其男口”[①]。同年，邯郸淳奉命离开曹植，植饯淳赠诗，淳亦作《赠答诗》。其为博士、给事中后，作千余言之《投壶赋》，得曹丕赏识，赐帛千匹，次年亦卒。

曹丕于建安二十四年尚作《露陌刀铭》及《剑铭》，其后为魏王，定都洛阳。曹植多次迁徙，命运不济，进入了创作后期，诗文大变。

邺下文人集团宣告结束。

---

① 陈寿:《三国志》，中华书局，1959 年，第 561 页。

三　邺下文人集团的文学创作

孙明君在《三曹与中国诗史》一书中提出："中国诗歌的主要题材类型，如情爱、友情、亲情、游仙、咏史、边塞、山水、田园、游宴、民瘼、言志、朝会等在建安时代已全部出现，且达到了相当的高度。这是建安诗人对中国诗史的贡献之一。"①邺下时期是建安文学的一个重要组成部分，邺下俊彦在汇至此地之前如王粲、陈琳、刘桢、应玚、阮瑀、徐幹等人，或离开该城之后如曹丕、曹植两兄弟，均为建安文学的标志人物，创作内容广泛，题材多样。如今将目光从建安文学的大背景下，聚焦邺下文人集团这十三年的历史，力求详尽史料，探析文人于此期间的文学创作情况。

(一) 游宴

邺城原为袁绍经营多年，颇具规模。建安九年，"曹公初破

① 孙明君：《三曹与中国诗史》，清华大学出版社，1999年，第59页。

邺,武功之定始乎此也"[①]。成为曹操大本营的邺城物质条件相对优裕,尤其对于曹丕、曹植兄弟及为曹氏属吏的诸子文士而言,戎马之余,宴饮游乐,斗鸡走马,成为邺城时期文学中的一大景观,亦成为以丕、植兄弟为首的贵游群体写作的主要题材。现存作品如曹丕的《孟津诗》、《芙蓉池作诗》、《于玄武陂作诗》、《善哉行》(之朝日乐相乐、朝游高台观)、《夏日诗》、《于谯作诗》,曹植的《公宴诗》《侍太子坐诗》《斗鸡诗》《游观赋》《娱宾赋》《节游赋》《登台赋》,王粲、刘桢、阮瑀的《公宴诗》,陈琳的《宴会诗》《游览诗二首》,应玚的《公宴诗》《斗鸡诗》《侍五官中郎将建章台集诗》,杨修的《节游赋》,等等。这些作品如《文心雕龙·明诗》所言"怜风月,狎池苑,述恩荣,叙酣宴"[②],并《时序》所言"傲雅觞豆之前,雍容衽席之上,洒笔以成酣歌,和墨以藉谈笑"[③]是也。

《文选》分列游览、公宴二类诗文,此处所指游宴并非这两类简单重合,而是偏重公宴。何谓公宴?《文选》吕延济注曹植《公宴诗》曰:"公宴者,臣下在公家侍宴也。此宴在邺宫,与兄丕宴饮。"又张铣注王粲《公宴》曰:"此侍曹操宴,时曹未为天子,故云公宴。"[④]邺下文人之公宴多指前者。并且因为曹丕设宴多于园林之内,如邺城之北园、铜雀园等地,且文人之作对于宴会场景及内容之描写常常包括游园之项,故将这一题材称为游宴。诸人宴游之作,多从描摹宴饮游乐的场面写起,如曹丕《善哉行》:

---

① 房玄龄等:《晋书》,中华书局,1974年,第701页。

② 范文澜:《文心雕龙注》,人民文学出版社,1958年,第66页。

③ 范文澜:《文心雕龙注》,人民文学出版社,1958年,第673页。

④ 吕延济等:《文选》四部丛刊本,商务印书馆,1926年。

朝游高台观，夕宴华池阴。
大酋奉甘醪，狩人献嘉禽。
齐倡发东舞，秦筝奏西音。
有客从南来，为我弹清琴。
五音纷繁会，拊者激微吟。
淫鱼乘波听，踊跃自浮沉。
飞鸟翻翔舞，悲鸣集北林。
乐极哀情来，寥亮摧肝心。
清角岂不妙，德薄所不任。
大哉子野言，弭弦且自禁。①

极尽铺陈之能事。曹植《公宴诗》亦是如此：

公子敬爱客，终宴不知疲。
清夜游西园，飞盖相追随。
明月澄清景，列宿正参差。
秋兰被长坂，朱华冒绿池。
潜鱼跃清波，好鸟鸣高枝。
神飚接丹毂，轻辇随风移。
飘摇放志意，千秋长若斯。②

清新静谧的夏夜，月色皎皎，繁星朗朗，秋兰被涯，芙蓉覆水，鱼儿潜游，鸟儿翱翔，如此美妙迷人的景致中，文人乐乘轻

① 夏传才、唐绍忠：《曹丕集校注》，中州古籍出版社，1992年，第45～46页。

② 赵幼文：《曹植集校注》，人民文学出版社，1984年，第49页。

挚，随风前行……这样鲜活生动的场景任谁能不兴奋激动沉醉其中呢？

文人享受着良辰美景、优游逸乐之余，饮水思源，不禁抒发对曹氏父子知遇之恩的感激，以及对主人功业的祝福与颂扬。

如王粲《公宴诗》云："愿我贤主人，与天享巍巍。克符周公业，奕世不可追。"[①]应玚《公宴诗》言："巍巍主人德，嘉会被四方。"《侍五官中郎将建章台集诗》言："简珠堕沙石，何能中自谐。欲因云雨会，濯羽陵高梯。良遇不可值，伸眉路何阶？"刘桢《公宴诗》末尾云："投翰长叹息，绮丽不可忘。"[②]曹植亦时有歌功颂德之作，如随父兄上铜雀台西游娱情时所作之《登台赋》："天功桓其既立兮，家愿得而获逞。扬仁化于宇内兮，尽肃恭于上京。虽桓文之为盛兮，岂足方乎圣明。休矣美矣！惠泽远扬"[③]，称赞曹操圣德，虽齐桓、晋文亦不足方。"同天地之矩量兮，齐日月之辉光"，祈祝父亲尊贵无极，寿命无疆。

曹植于宴饮之时对曹丕也多有赞赏，如《娱宾赋》云："欣公子之高义兮，德芬芳其若兰。扬仁恩于白屋兮，逾周公之弃餐。听仁风以忘忧兮，美酒清而肴甘"[④]；又如《公宴诗》云："公子敬爱客，终宴不知疲"；再如《侍太子坐诗》云："翩翩我公子，机巧忽若神。"[⑤]语调十分轻松，感情真挚自然。而曹丕似无此类作品。

---

① 俞绍初：《建安七子集》，中华书局，2005 年，第 89 页。

② 俞绍初：《建安七子集》，中华书局，2005 年，第 188 页。

③ 赵幼文：《曹植集校注》，人民文学出版社，1984 年，第 45 页。

④ 赵幼文：《曹植集校注》，人民文学出版社，1984 年，第 47 页。

⑤ 赵幼文：《曹植集校注》，人民文学出版社，1984 年，第 178 页。

对于这种情感倾向，后人多持批评态度，以其具吹捧奉承之态，颇有帮闲文学的特质。其时不仅在游宴题材中，在军戎、咏物等其他创作中，歌颂曹氏功德的内容亦是随处可见。究其原因，不妨从两方面考虑。

一方面，文人颂扬之情含有相当真诚的因素。自古以来追求功名是知识分子的普遍愿望。邺下文士多出身显贵，自幼接受儒家修齐治平、学而优则仕等传统观念的教育，怎奈恰逢汉末流离沦落四方，直至而立之年后才得以加盟强大的曹氏集团，这是历史给予他们建个人功业的难得机会。曹操不仅谋略盖世，逐步统一原本四分五裂的北方地区，实行一系列发展生产、安定民生的政策，而且唯才是举、知人善任，使文人担任自己的属吏和丕、植等诸子官属，权位虽未至公卿，却都是亲随官员，与闻机要程度明显超过朝廷显贵。

因此，文士们可以在相对安定和平的环境中，或得主信任，随操征伐，“载笔而从师”[①]（徐幹《西征赋》），亲历疆场，实现大济苍生之理想；或于邺下得主青睐，从曹丕、曹植游园宴饮，命笔畅怀，满足文思才涌、逞才竞豪的志趣。基本解除了前期怀利器而无所施用的状况，生活环境于战乱中渐趋稳定，个人才华亦有所发挥。这种知遇之恩、提携之情对于文士何异于再造父母，故而他们由衷地称赞颂扬曹魏政权、曹操本人及“敬爱客”的曹丕。

另一方面，在诸子作品中，确实夹杂着媚俗谀主的成分，这也并非邺下文士所独有。历朝历代文士们为求得功名进入仕途，必须依附权势，否则几无其他进身之阶，绝对保持自身独立，就难寻社会认可的生存空间。这虽颇具悲剧色彩，却是不得不认同之事实。何况曹操对异己之人不仅敏感而且反感，孔融、祢

① 俞绍初：《建安七子集》，中华书局，2005年，第152页。

衡之死即是最好的明证。强势统治令人生畏。身在曹氏幕中的邺下文士认清封建君臣关系和主从地位，遵从“式宴不违礼”[①]（曹植《大魏篇》）之古训，在随游从宴之时趁机奉扬褒赞，也就多有些无可奈何而又必然为之的成分了。

文人于游宴题材作品中铺陈欢娱热闹景致，颂扬曹氏父子，继而就要抒发一己之情了。首先是尽情享乐思想。王瑶先生指出：“因为饮酒是为了增加生命的密度，是为了享乐，所以汉末以来，酒色游宴是寻常连称的。”[②]从个人情况来看，曹丕、曹植兄弟皆二十岁上下，正是美遨游的年纪；邺下俊彦本多出身世家，加上前期生活蓬转落魄，对于眼前的羽爵珍膳、清歌妙舞之类的物质享受，自然十分迷恋，故发而为文。

曹丕《芙蓉池作诗》云：“寿命非松乔，谁能得神仙？遨游快心意，保己终百年。”《善哉行》云：“朝日乐相乐，酣饮不知醉。”曹植《箜篌引》云：“乐饮过三爵，缓带倾庶羞。”[③]王粲《公宴诗》言：“佳肴充园方，旨酒盈金罍。……今日不及欢，含情欲待谁。”[④]刘桢《公宴诗》言：“永日行游戏，欢乐犹未央。”[⑤]阮瑀《公宴诗》言：“上堂相娱乐，中外奉时珍。五味风雨集，杯酌若浮云。”[⑥]应

---

① 赵幼文：《曹植集校注》，人民文学出版社，1984 年，第 329 页。

② 王瑶：《中古文学史论》，北京大学出版社，1998 年，第 168 页。

③ 赵幼文：《曹植集校注》，人民文学出版社，1984 年，第 459 页。

④ 赵幼文：《曹植集校注》，人民文学出版社，1984 年，第 459 页。

⑤ 俞绍初：《建安七子集》，中华书局，2005 年，第 188 页。

⑥ 俞绍初：《建安七子集》，中华书局，2005 年，第 161 页。

玚《侍五官中郎将建章台集诗》言："为且极欢情，不醉其无归。"杨修《节游赋》言："极欢欣以从容，乃升车而来反。"如此种种，不胜枚举。他们是否完全沉湎于感官身体的享乐之中，消极颓废、荒淫无度了呢？不是的。透过物质享乐层面，邺下文士心中仍然积聚着对社会、对百姓、对人生的忧患意识。

曹丕诗中写道："弦歌感人肠，四座皆欢悦。……君子多苦心，所愁不但一。……众宾饱满归，主人苦不悉。……冲静得自然，荣华何足为！"[①]（《善哉行·朝日乐相乐》）"乐极哀情来，寥亮摧肝心。清角岂不妙，德薄所不任。"[②]（《善哉行·朝游高台观》）曹植诗中亦时有"忧生之嗟"，如《箜篌引》云："盛时不再来，百年忽我遒。生存华屋处，零落归山丘"。[③]"首八，先叙亲友宴会酒肴音乐歌舞之侈靡。……后八则接此句，畅言流光易逝，年寿难期，有生则必有死，知命可以忘忧，为徒为颂祷虚文者棒喝作收，极其警动。"[④]再如《节游赋》言："念人生之不永，若春日之微霜。谅遗名之可纪，信天命之无常。愈志荡以淫游，非经国之大纲。"[⑤]极写欢娱盛况及游宴场面之后，归结到生命感慨，此种哀乐相生的情调，实早已流宕于汉末古诗之中。曹操著名之"对

---

① 夏传才、唐绍忠：《曹丕集校注》，中州古籍出版社，1992年，第44页。

② 夏传才、唐绍忠：《曹丕集校注》，中州古籍出版社，1992年，第46页。

③ 赵幼文：《曹植集校注》，人民文学出版社，1984年，第460页。

④ 张玉縠：《古诗赏析》，上海古籍出版社，2000年，第538页。

⑤ 赵幼文：《曹植集校注》，人民文学出版社，1984年，第183页。

酒当歌，人生几何”已然纠结了人生享乐与生命悲哀之情；曹丕、曹植的诗歌继承和吸纳历史传统和时代取向的同时，并未在轻歌曼舞、酒池肉林中忘乎所以。

其余邺下文士诗文中亦常有如丝如缕之生命忧愁和忧患，与作为贵族公子的丕、植兄弟有相同之处，即如上所述哀乐相生之情调。建安士人因济世拯民、建功立业欲望甚强，由此产生了生命短促感。同时也需看到邺下文人曾因脱离动乱之苦，才华有用武之地而感念曹氏。但他们作为邺下侍从，也有其特有的压抑与失落，这源于本体追求和需要的无法充分满足。

相继归附曹操的文士，前期生活蓬转困顿，事业有志难酬，故而存在强烈的生命失落感，这是不言而喻的。当他们来到邺下，随着曹操宏伟事业的进一步开展，得以从主行事，亲历疆场，是不是就没有政治失意感了呢？不妨看看他们在贵游宴饮之际，“乐极哀情来”的情感抒发。

陈琳《游览诗》其一云：

高会时不娱，羁客难为心。
殷怀从中发，悲感激清音。
投觞罢欢坐，逍遥步长林。
萧萧山谷风，黯黯天路阴。
惆怅忘旋反，歔欷涕沾襟。[①]

表达怀才不遇、失落彷徨的忧愤之情。刘桢于“生平未始闻，歌之安能详”的富丽奢华的邺宫游宴时，仍然“投翰长叹息，绮丽不可忘”，发出无尽感叹。应玚《侍五官中郎将建章台集诗》托喻于

① 俞绍初：《建安七子集》，中华书局，2005年，第34页。

他物，曲折婉转地再现了其时文人普遍具有的深沉悲慨情怀，更具特色：

朝雁鸣云中，音响一何哀！
问子游何乡？戢翼正徘徊。
言我塞门来，将就衡阳栖。
往春翔北土，今冬客南淮。
远行蒙霜雪，毛羽日摧颓。
常恐伤肌骨，身陨沉黄泥。
简珠堕沙石，何能中自谐？
欲因云雨会，濯翼陵高梯。
良遇不可值，伸眉路何阶？
公子敬爱客，乐饮不知疲。
和颜既以畅，乃肯顾细微。
赠诗见存慰，小子非所宜。
为且极欢情，不醉其无归。
凡百敬尔位，以副饥渴怀。①

此诗代雁为词，以一只哀鸣的孤雁起兴，托为他人问话，引出孤雁自述，叙自身坎坷艰辛的漂泊。“远行蒙霜雪”下六句，述自身受到的摧残，并由此引发的感伤恐惧，“羁孤之苦，凄楚动人”②。其下四句，话锋一转，终于得到五官中郎将的赏识，濯净羽毛至之尊位，得以扬眉于风云之际，“不值良辰，伸眉无阶，今值其时

① 俞绍初：《建安七子集》，中华书局，2005年，第172页。
② 陈祚明：《采菽堂古诗选卷七》，清乾隆廿三年(1758)刻本。

矣，方且不胜庆幸”[①]，感激之情油然而生。作为侍宴之作，“前十八句，皆叙己从前行迹与目今冀获知遇之心事也”[②]。“公子”以下十句，方点明公宴时事，饮酒赠诗，极欢尽醉，表达对公子厚爱的敬意，并委婉地抒发了实现理想的强烈愿望，将满腔抱负寄予曹氏集团，于享受良辰美景之时仍然不忘将其婉转表达，表面看来是功业意识萦绕于心头，暗含的却是对个人处境和未来的忧患。邺下文士政治的失意与生命的失落心绪，由何而生呢？

从主体本身而言，邺下文士受中国封建社会传统影响，几乎一致对政治极为热情，对个人政治才能颇为自负，对仕途期望值甚高。王粲就曾以管仲、孟明自比。我们虽不能否认他们于政治、军事上具备一定的才能，但实际情况却是，他们的政治、军事才能均赶不上他们在文学上的才华和建树。他们希望投身政治成为卓绝之政客，可惜他们为人所认可的身份首先却是诗人。对此同时代的吴质在《答魏太子笺》中已有认识：

> 陈、徐、刘、应，……凡此数子，于雍容侍，从实其人也。若乃边境有虞，群下鼎沸，军书辐至，羽檄交驰，于彼诸贤，非其任也。[③]

曹氏父子更是十分清楚这一点，以文学之士看待这些文人，“魏武看诸子，但是书生无济，然不收则失之望，故用之以充文学”[④]。陈琳、阮瑀“管记室”，负责起草书檄，徐幹、刘桢、应玚等任平原侯庶子和五官将文学等职，王粲位居侍中，官职高于众

① 吴淇：《六朝选诗定论》，清康熙八年刻本，卷十。
② 张玉穀：《古诗赏析》，上海古籍出版社，2000 年，第 221 页。
③ 萧统：《文选》（李善注），上海古籍出版社，1986 年，第 1825 页。
④ 吴淇：《六朝选诗定论》，清康熙八年刻本。

人，但从现存史料记载来看，几乎没有关于他们政治功绩的记载（吴质尚有替丕献策之事），而对其文采诗华，却多有称赞。文人大多夸大自我社会价值，功名心很强，不满足做一般之侍从文人。刘桢曾抱怨说："职事相填委，文墨纷消散。驰翰未暇食，日昃不知晏。沉迷簿领书，回回自昏乱。"[①]（《杂诗》）而本身又未具此英才，理想与现实差距甚远，故而或"怀百忧"或"怨在朝"，皆源于主体本身认为自己未被重用。

从客体对象即曹氏父子角度考虑，曹操不拘一格、招贤纳士，曹丕、曹植兄弟与诸子优游乐宴，关系亲密，但他们毕竟是作为最高统治者的身份出现的，与下属即被统治者而言，存在天然的对立关系，不可能完全体会、重视臣下的自我价值与人格尊严。宣奉化曾言曹操于诸子是"设天网以该之，视倡优以畜之，赐微禄以诱之，施刑戮以镇之"[②]。怀有政治左见的孔融，终究难逃一死。对于诚心拥护再造天下的诸子，曹氏父子也时常流露出轻视和歧视。《王粲传》注引《典略》曰："文帝尝赐桢廓落带，其后师死，欲借取以为像，因书嘲桢云：'夫物因人为贵。故在贱者之手，不御至尊之侧。今虽取之，勿嫌其不反也。'"[③]索要赐物颇为不该，又加称贱者，此等轻侮之意，刘桢何尝可以心平气顺？不仅曹丕，曹植亦如此。其《与杨德祖书》中说："以孔璋之才，不闲于辞赋，而多自谓能与司马长卿同风；譬画虎不成，反为狗也。"[④]对陈琳作赋鄙薄之意显而易见。但对于敏感自尊的诗人来说，政治仕途上认为自己怀才不遇，生活中又时而受到嘲弄蔑视，失落之感便油然而生了。

① 俞绍初：《建安七子集》，中华书局，2005 年，第 193 页。

② 《建安文学研究文集·三曹与七子》，黄山书社，1984 年。

③ 陈寿：《三国志》，中华书局，1959 年，第 601 页。

④ 赵幼文：《曹植集校注》，人民文学出版社，1984 年，第 153 页。

邺下时期，贵游宴饮题材作品相当丰富，究其原因，有如下几方面。

首先，恰如谢灵运的《拟魏太子邺中集序》所言："建安末，余时在邺宫，朝游夕宴，究欢愉之极，天下良辰、美景，赏心、乐事，四者难并；今昆弟友朋，二三诸彦，共尽之矣"①。当时之邺城，大乱初定，环境良好，文士们有条件举行和参与诸多游宴活动。

其次，组织这类活动不仅是政治功利和单纯娱乐的需要，更是有组织的集团内部的文学创作和交流活动。应场《公宴诗》云："开馆延群士，置酒于新堂。辨论释郁结，援笔兴文章。"②曹丕《又与吴质书》追忆昔日情形时亦言："每至觞酌流行，丝竹并奏，酒酣耳热，仰而赋诗。"③楚辞中已有"酒栏赋诗"的风俗，邺下俊彦沿袭并使之发展，于聚宴游乐之时，切磋技艺，一逞文思，自由发挥个体才性，并且成为功业难酬时必要的内在精神补偿，表现了强烈的文学性和集团性。

在艺术表现上，这类作品也具有一定典范意义。

其一，叶燮曾言："建安、黄初之诗，乃有献酬、纪行、颂德诸体，遂开后世种种应酬等类，则因而实为创。此变之始也"④。这应该包括贵游宴饮类，指出其开创题材之功及对后世的影响。《文选》专列公宴题材，并收录陆机、陆云的公宴诗，与邺下诸作十分相似。应酬之作后世发展成奉谀颂扬成分益多的诗作，内容日渐狭隘，失去生命力。但邺下时期应酬之作毕竟是一种新

① 顾绍柏：《谢灵运集校注》，中州古籍出版社，1987年，第135页。

② 俞绍初：《建安七子集》，中华书局，2005年，第171页。

③ 夏传才、唐绍忠：《曹丕集校注》，中州古籍出版社，1992年，第108页。

④ 叶燮：《原诗》，人民文学出版社，1979年，第4页。

的题材创制，并且多有抒发慷慨激昂的个体情感。

其二，作为后世山水游览诗之渊源所起的示范作用。邺下贵游宴饮，多在园林苑囿——铜雀园、芙蓉池、东阁讲堂。以"游"为线索，逐渐将山水景物纳入观照视野中，清川流波，嘉木芳草，且寓己之情，由此而始。至谢灵运，方真正实现了以自然山水为描写对象的成熟的山水诗作。

（二）赠答

邺下时期的赠答作品具有抒己情怀、与人交流等基本特征，是文人集团的重要创作题材。现存作品如下数首，王粲《赠杨德祖诗》，刘桢《赠五官中郎将诗》《赠徐幹诗》《又赠徐幹诗》《赠从弟诗》，徐幹《赠五官中郎将诗》《答刘桢诗》，应玚《报赵淑丽诗》，曹植《赠徐幹诗》《赠丁仪诗》《赠王粲诗》《赠丁仪王粲诗》《离友诗》《赠丁廙诗》，繁钦《赠梅公明诗》，邯郸淳《赠吴处玄诗》，等等。曹植著名的《赠白马王彪诗》非邺下时期所作，王粲三首赠答诗《赠蔡子笃》《赠士孙文始》《赠文叔良》是其于荆州时所作，因而不计在内。

根据表达感情不同，上述作品大致可以分为两类。一类表达相互思念之情，如刘桢《赠五官中郎将诗》《赠徐幹诗》，徐幹《答刘桢诗》，曹植《离友诗》，等等。刘桢《赠五官中郎将诗》其三云：

秋日多悲怀，感慨以长叹。
终夜不遑寐，叙意于濡翰。
明灯曜闺中，清风凄已寒。

白露涂前庭，应门重其关。
四节相推斥，岁月忽欲殚。
壮士远出征，戎事将独难。
涕泣洒衣裳，能不怀所欢。[1]

曹丕出征驻军孟津，刘桢未得随从，留于邺下，萧瑟秋风引起诗人无限悲哀伤感，思念曹丕，终夜难寐，涕下沾裳。当诗人因平视甄氏惹怒曹操，“减死输作部”后，作诗给徐幹，表达对打击的不满及深深的思念之情：

谁谓相去远，隔此西掖垣。
拘限清切禁，中情无由宣。
思子沉心曲，长叹不能言。
起坐失次第，一日三四迁。[2]

首八句抒发与挚友隔离的忧思之情。“步出北寺门，遥望西苑园。细柳夹道生，方塘含清源。轻叶随风转，飞鸟何翻翻。”独自一人，承担罪罚，远眺曾经与丕、植兄弟及友人诗赋唱和、饮酒作乐的西园，“乖人易感动，涕下与衿连”。刘桢是一位洁行自立、磊落耿直的士人，早年就曾拒绝曹操召命，如今被处刑，委屈不平之际，没有献酬自责以求减刑，而是将内心不平之感向一墙之外的友人倾诉，昔日众遨游，今日独困囚，渴望挚友的理解与宽慰。

---

① 俞绍初：《建安七子集》，中华书局，2005 年，第 189 页。

② 俞绍初：《建安七子集》，中华书局，2005 年，第 190～191 页。

徐幹本是一位“怀文抱质，恬淡寡欲，有箕山之志”、以名节自立的士人[①]（曹丕《又与吴质书》）。如今好友遇难赠诗述情，他并不担心会因此惹火上身，得罪曹操，而是很快作《答刘桢诗》，安抚劝慰挚友：

与子别无几，所经未一旬。
我思一何笃，其愁如三春。
虽路在咫尺，难涉如九关。
陶陶朱夏别，草木昌且繁。[②]

曹植亦十分重视朋友情谊。建安十八年春天，曹植随父出征，来到谯地与父将夏侯渊之子夏侯威交往友善。次年大军还邺，夏侯威送植至邺城，分别之时，诗人恋恋不舍，为之落泪，于是作《离友诗》：

王旅旋兮背故乡，彼君子兮笃人纲，媵余行兮归朔方。驰原隰兮寻旧疆，车载奔兮马繁骧，涉浮济兮泛轻航。迄魏都兮息兰房，展宴好兮惟乐康。[③]

邺下赠答诗另一主题是表现劝励赞赏之情。作品有刘桢《赠从弟诗》，曹植《赠徐幹诗》《赠丁仪诗》《赠王粲诗》《赠丁廙诗》《赠丁仪王粲诗》，邯郸淳《赠吴处玄诗》，繁钦《赠梅公明诗》，等等。曹植《赠王粲诗》云：

---

① 夏传才、唐绍忠：《曹丕集校注》，中州古籍出版社，1992年，第108页。

② 俞绍初：《建安七子集》，中华书局，2005年，第144页。

③ 赵幼文：《曹植集校注》，人民文学出版社，1984年，第54页。

端坐苦愁思，揽衣起西游。
树木发春华，清池激长流。
中有孤鸳鸯，哀鸣求匹俦。
我愿执此鸟，惜哉无轻舟。
欲归忘故道，顾望但怀愁。
悲风鸣我侧，羲和逝不留。
重阴润万物，何惧泽不周。
谁令君多念，遂使怀百忧。[①]

王粲初归曹操，未任显职，作诗与曹植，叙其不得志之情："日暮游西园，冀写忧思情"[②]（王粲《杂诗》）。曹植亦怀悲逝感西游，作此诗应答仲宣："重阴润万物，何惧泽不周"，劝慰友人风物长宜放眼量，不要多愁，出仕有路，功名可求。

曹植其余几首作品都包含此种感情。《赠丁仪诗》末四句言："思慕延陵子，宝剑非所惜。子其宁尔心，亲交义不薄。"[③]张玉穀评曰："末四方以知己宁无，转合慰勉之意。"[④]《赠丁仪王粲诗》颂魏武功业，吴淇评曰："末二句，伤其不见用，而勖之以自勉也"[⑤]。《赠丁廙诗》言："滔荡固大节，时俗多所拘。君子通大

① 赵幼文：《曹植集校注》，人民文学出版社，1984 年，第 29 页。

② 俞绍初：《建安七子集》，中华书局，2005 年，第 85 页。

③ 赵幼文：《曹植集校注》，人民文学出版社，1984 年，第 129 页。

④ 张玉穀：《古诗赏析》，上海古籍出版社，2000 年，第 190 页。

⑤ 吴淇：《六朝选诗定论》，清康熙八年刻本，卷五。

道，无愿为世儒。"[①]吴淇评曰："子建与诸子，皆伤其不遇，而敬礼年最少，故止有勖勉之词。"[②]

刘桢《赠从弟诗》更是此类作品之佳作。其一云："泛泛东流水，磷磷水中石。苹藻生其涯，华叶纷扰溺。采之荐宗庙，可以羞嘉客。岂无园中葵，懿此出深泽。"以苹藻喻其弟虽出自寒门却品格高洁。其二以松柏喻其弟坚贞自守，不因外在压迫而改变本性："亭亭山上松，瑟瑟谷中风。风声一何盛，松枝一何劲。冰霜正惨凄，终岁常端正。岂不罹凝寒，松柏有本性。"其三云："凤皇集南岳，徘徊孤竹根。于心有不厌，奋翅凌紫氛。岂不常勤苦，羞与黄雀群。何时当来仪，将须圣明君"，以凤凰喻其弟志向非凡远大，不愿与世俗同流。[③]

邺下文人赠答诗艺术上的突出特点是善用比兴。刘桢《赠从弟诗》，分别用苹藻、松柏、凤凰比喻其弟的品格、本性和志向；曹植《赠王粲诗》用孤鸳鸯"哀鸣求匹俦"比喻王粲，以"重阴"喻指曹操；繁钦《赠梅公明诗》用"青鸟来翔"比喻友人。

从思想内容角度来看，赠答诗都反映了邺下文士们渴求平等之美好友情，珍惜已有之友情，并且将文学交谊作为人际沟通的手段，于其中互相抒写情怀，丰富了文学创作的内涵。正如吉川幸次郎所言："曹植等所开启的是这样的一条道路：把表白个人性质的热情——特别是以友情为素材的个人热情的表白——作为诗的使命（这个国家以后的诗歌把友情看得比异性的爱还重，即以此为开端）。"[④]

---

① 赵幼文：《曹植集校注》，人民文学出版社，1984 年，第 141 页。

② 吴淇：《六朝选诗定论》，清康熙八年刻本，卷五。

③ 俞绍初：《建安七子集》，中华书局，2005 年，第 192 页。

④ 叶燮：《原诗》，人民文学出版社，1979 年，第 8 页。

（三）咏物

徐公持曾经指出："邺下文士还有一种倾向，即他们一方面以极大热情描写当时军国大事，另一方面也将文学创作的注意力转向日常生活琐细事物。这是建安前期文学中基本不存在的。"[①]邺下文士将目光投向身边，以动物、植物以及珍饰、玩物为题材，创作了大量的咏物作品。

以动物为题材的，有曹植、王粲、应玚、陈琳、阮瑀、祢衡的《鹦鹉赋》，曹丕、王粲的《莺赋》，曹植、王粲的《鹖赋》《白鹤赋》，曹植的《蝉赋》《神龟赋》《离缴雁赋》《鹞雀赋》《蝙蝠赋》，应玚的《慜骥赋》，杨修的《孔雀赋》等。

以植物为题材的，有曹丕、陈琳、王粲、繁钦的《柳赋》，曹丕、曹植、王粲的《槐赋》，曹植、徐幹的《橘赋》，曹植的《芙蓉赋》，繁钦的《桑赋》，刘桢的《瓜赋》，应玚的《杨柳赋》等。

以器物为题材的，有曹丕、王粲、陈琳、应玚、曹植的《迷迭赋》，曹丕、曹植、王粲、徐幹、应玚的《车渠碗赋》，曹丕、王粲、丁廙的《弹棋赋》，曹丕、陈琳、王粲的《玛瑙勒赋》，曹植、王粲的《酒赋》，曹丕的《玉玦赋》，王粲的《围棋赋序》《刀铭》《蕤宾钟铭》《砚铭》《无射钟铭》，曹植的《九华扇赋》《宝刀赋》《扇赋》《宝刀铭》，阮瑀的《筝赋》，徐幹的《冠赋》《团扇赋》，繁钦的《砚颂》《砚赞》等。

以气候为题材的，有曹植、陈琳、王粲、刘桢、繁钦的《大暑

---

① 徐公持：《魏晋文学史》，人民文学出版社，1999年，第9页。

赋》，曹丕、曹植、应玚、王粲的《愁霖赋》和《雨霖赋》，曹丕、曹植的《喜霁赋》，曹植的《秋思赋》等。

邺下文人集团主要作家几无例外地均有咏物的赋作，而其他题材罕见。建安文士大量创作咏物作品的原因之一在于以物象为题材的命作。

曹丕《玛瑙勒赋》序曰："玛瑙，玉属也。出自西域。文理交错，有似马脑，故其方人因以名之。或以系颈，或以饰勒。余有斯勒，美而赋之，命陈琳、王粲并作。"[①]《槐赋》序言："文昌殿中槐树，盛暑之时余数游其下，美而赋之。王粲直登贤门，小阁外亦有槐树，乃就使赋焉。"[②]王粲作《刀铭》亦先云："侍中、关内侯臣粲言：奉命作刀铭。"[③]现存赋文点明奉命所作的并不是很多。蔚为风气的是同题共作，彼此唱和。据统计，二人同作为《（宝）刀铭》《喜霁赋》《莺赋》《鹖赋》《酒赋》《白鹤赋》，三人同作为《玛瑙勒赋》《槐赋》《弹棋赋》，四人同作如《柳赋》《愁霖赋》《雨霖赋》，五人同作如《迷迭赋》《车渠碗赋》《大暑赋》，六人同作为《鹦鹉赋》，等等。此外，另有如杨修"作暑赋弥日而不献"者（《答临淄侯笺》），可谓彬彬之盛，蔚为大观。此类作品，结构谋篇、布局安排、主旨基调大体相同。如《车渠碗赋》，曹丕云：

惟二仪之普育，何万物之殊形。
料珍怪之上美，无兹之碗独灵。
苞华文之光丽，发符采而扬荣。

---

① 夏传才、唐绍忠：《曹丕集校注》，中州古籍出版社，1992年，第82页。

② 夏传才、唐绍忠：《曹丕集校注》，中州古籍出版社，1992年，第65页。

③ 俞绍初：《建安七子集》，中华书局，2005年，第141页。

理交错以连属，似将离而复并。
或若朝云浮高山，忽似飞鸟厉苍天。
夫其方者如矩，圆者如规，
稠稀不谬，洪纤有宜。①

首先称赞车渠碗得天地之灵化，独特出众。王粲即有“挺英才于山岳，含阴阳之淑真”，应玚亦有“惟兹碗之珍玮，诞灵岳而奇生”。其次言玉石文采华美，如符采般光鲜艳丽，曹植即有“采金光之定色，拟朝阳而发辉”，王粲亦有“光清朗以内曜，泽温润而外津”。再二句云纹理细密繁多，但杂而不乱，交错有序，曹植有言“缊丝纶以肆采，藻繁布以相追”，王粲亦言“理修达而有文”。又两句曹丕从整体叙述其光彩之美，“朝云浮高山”，是静态；“飞鸟厉苍天”，是动态。曹植亦云：“华色灿烂，文若点成。郁蓊云蒸，蜿蝉龙征，光如激电，景若浮星。”从动静远近多角度展现玉器夺目光辉。再二句言形状方圆规矩，应玚有“氤氲杂错，乍圆乍方”，徐幹有“大小得宜，容如可观”②。末二句再言纹理疏密有度。而曹植、王粲、应玚之赋皆以惊叹赞美之词结尾，如植言“何明丽之可悦，超群宝而特章”③，粲言“兼五德之上美，超众宝而绝伦”④，应言“华气承朗，内外齐光”⑤。

这类作品历来评论不高，“既然其创作目的在于应酬曹氏父

① 夏传才、唐绍忠：《曹丕集校注》，中州古籍出版社，1992年，第83～84页。

② 俞绍初：《建安七子集》，中华书局，2005年，第155页。

③ 赵幼文：《曹植集校注》，人民文学出版社，1984年，第137页。

④ 俞绍初：《建安七子集》，中华书局，2005年，第111页。

⑤ 俞绍初：《建安七子集》，中华书局，2005年，第181页。

子，就决定了他们必然缺乏充实的内容，而且常常显露出庸俗的态度”[①]。章沧授言辞更加犀利，认为奉命而赋的作品，带来多方面无利而有害的后果：艺术构思单一化，抒情格调雷同化，艺术形式类型化，思想价值缺乏，理论无新建树[②]。邺下俊彦咏物赋作是否百无一利呢？下面来作一分为二的辨析。

首先，咏物题材作品多为同题命作或唱和共作，“根本原因是文学本身的发展，而其直接原因则是命题作文。同题共作之风，又是建安作家通达的表现”。“同题共作就是一种进行批评的好方法，因它尤能清楚地显示作家的高下优劣，从而给品藻人物以有力的依据”[③]。同题咏物作为新的文学风气，在邺下时期于文学史上呈现出一派生气勃勃的景象，影响是泽被后世的。

其次，作为奉命而作的作品，尤其是奉曹操、曹丕两位政治集团、文人集团领袖之命进行创制，谋篇布局和格调主旨十分类似，少有出新也是必然的结果。而其他一些唱和之作，尤其是个人自行写作的赋文，字里行间是时常流露出个人情感的。应玚《慜骥赋》云：“慜良骥之不遇兮，何屯否之弘多。”感叹社会兵燹动乱，生不逢时，“抱天飞之神号兮，悲当世之莫知”。既“怀殊姿”又“抱精诚”，“愿浮轩于千里兮，曜华轭乎天衢。……展心力于知己兮，甘迈远而忘劬”[④]，却无人赏识，怀才不遇，抑郁结心。曹植《槐赋》采用拟人化手法，赞美槐树浓密繁盛，是因为依凭曹

---

① 徐公持：《建安七子论》，《文学评论》，1987 年第 4 期。

② 章沧授：《建安诸子辞赋创作的重新审视》，《中国文化研究》，1998 年第 3 期。

③ 龚斌：《建安时期的同题共作之风》，《古典文学知识》，1991 年第 3 期。

④ 俞绍初：《建安七子集》，中华书局，2005 年，第 182～183 页。

操的恩德，“羡良木之华丽，爰获贵于至尊”[①]。希望自己也能如此，枝大叶茂，繁密浓阴，有所作为。

其三，在所咏对象、结构、旨趣相同的情况下，展现出来的就是文人的辞采高下了。所以咏物之作可以激励文士开启文思，逞词使才，比赛技巧，不断创新。

例如建安二十一年，遭遇酷热严夏，文人纷作《大暑赋》，描述暑热难耐。王粲云：“熹润土之溽暑，扇温风而至兴。”陈琳云：“土润溽以歊烝，时淟涊以溷浊。温风郁其彤彤，譬炎火之烛烛。”[②]繁钦云：“大火飏光，炎气酷烈。……翕翕盛热，蒸我层轩。温风淟涊，动静增烦。”[③]言及对生灵的影响，曹植云：“蛇折鳞于灵窟，龙解角于皓苍。……飞鱼跃渚，潜鼋浮岸。鸟张翼而近栖，兽交游而云散。……机女绝综，农夫释耘”[④]；王粲云：“兽狼望以倚喘，鸟垂翼而弗翔。……征夫瘼于原野，处者困于门堂”[⑤]；刘桢云：“兽喘气于玄景，鸟戢翼于高危。农畯捉鎛而去畴，织女释杼而下机”[⑥]。如此种种，不胜枚举。这些作品表现了作者对文学技巧的日益重视，并且于实践中确实提高了文字能力和描写技巧。

---

① 赵幼文：《曹植集校注》，人民文学出版社，1984年，第146页。

② 俞绍初：《建安七子集》，中华书局，2005年，第37页。

③ 严可均：《全上古三代秦汉三国六朝文》（第二册），河北教育出版社，1997年，第871页。

④ 赵幼文：《曹植集校注》，人民文学出版社，1984年，第148页。

⑤ 俞绍初：《建安七子集》，中华书局，2005年，第95页。

⑥ 俞绍初：《建安七子集》，中华书局，2005年，第196页。

（四）军戎

建安十三年之前，文人们大多亲历战乱流徙，体尝了兵燹之灾，创作以描写战乱、抒述忧患意识为主，如王粲之《七哀诗》、陈琳之《饮马长城窟行》、阮瑀之《驾出北郭门行》，等等。邺下文人集团时期，曹操统一了北方，基本上定居于邺城。但因战争并未停息，邺下文士时有机会随主出军征战，创作了一批关注军国大事、着眼战争进程、描写战争场面等方面的军戎类作品。其间或称颂主人英明神武，或昂扬一己之壮志豪情，或表现士卒威猛乐观，或描述战争复杂环境，抑或反映民生疾苦，多方面展现了汉末战乱时期的军事生活。此类作品有曹丕《述征赋》《浮淮赋》《董逃行》，曹植《东征赋》《述行赋》《送应氏》，王粲《七哀诗（之三）》《从军诗》《初征赋》《浮淮赋》，陈琳《神武赋》，阮瑀《纪征赋》，应玚《撰征赋》《西征赋》，徐幹《西征赋》《序征赋》，杨修《出征赋》，繁钦《征天山赋》《述行赋》《述征赋》《远戍劝戒诗》，等等。

由于诸文人们均有随军出征的经历，所以上述作品中有些就是对战争的真实记述，有史料可考。如建安十三年，曹操欲征荆州刘表之前，检阅军队，曹丕表达希望随军出征的心情时所作的《述征赋》，王粲、徐幹、阮瑀随行，分别作有《初征赋》《序征赋》和《纪征赋》。建安十四年秋天，曹操率新治水军自涡入淮，曹丕有感水急山险、船多戈利、军盛浩大、士兵勇猛，作《浮淮赋》，王粲亦有同名赋。建安十九年，曹操东征孙权，曹植留守邺城，作《东征赋》。建安二十年，曹操西征关中，应玚、徐幹作《西征赋》。

不管是否是对战争的真实记述，此类题材基本包括以下几个方面的内容。

其一，热情歌颂赞扬英明神武的曹操。陈琳作《神武赋》，称曹操“神武奕奕。……大人之量，固非说者之所可识也”。[①] 建安二十年曹操西征张鲁，王粲随行，作《从军诗》。其一云：“从军有苦乐，但问所从谁。所从神且武，焉得久劳师。相公征关右，赫怒震天威。一举灭獯虏，再举服羌夷。”次年南征孙权，作《从军诗（其四）》，又称：“筹策运帷幄，一由我圣君”，表明只要跟随英武的曹操出军作战，就能体味出马到成功的喜悦[②]。

其二，表现将士兵卒坚强勇猛，铠甲刃器锋利无比，军威势壮。繁钦《征天山赋》云：

素甲玄焰，皓旰流光。左骈雄戟，右攒干将。
彤弧朱矰，丹羽绛房。望之如火，焰夺朝阳。
华旗翳云霓，聚刃曜日铓。……
钲鼓雷鸣，猛火风烈。跃刃雾散，虏锋摧折。[③]

曹丕《述征赋》云：

伐灵鼓之硼隐兮，建长旗之飘飘。
曜甲卒之皓旰，驰万骑之浏浏。[④]

曹植《东征赋》云：

---

① 俞绍初：《建安七子集》，中华书局，2005 年，第 44 页。

② 俞绍初：《建安七子集》，中华书局，2005 年，第 89～91 页。

③ 严可均：《全上古三代秦汉三国六朝文》（第二册），河北教育出版社，1997 年，第 873 页。

④ 夏传才、唐绍忠：《曹丕集校注》，中州古籍出版社，1992 年，第 52 页。

挥朱旗以东指兮，横大江而莫御。

循戈橹于清流兮，泛云梯而容与。①

以华旗钲鼓、甲卒万骑、戈橹云梯表现曹军大举进攻的豪壮雄姿与不可抵挡之势。建安十四年，曹操治水军，自谯东征，军威盛大。王粲《浮淮赋》云：

钲鼓若雷，旌麾翳日。……

群师按部，左右就队。

轴轳千里，名卒亿计。②

曹丕《浮淮赋》云：

乃撞金钟，爰伐雷鼓。

白旄冲天，黄钺扈扈。

武将奋发，骁骑赫怒。③

二人作品描写行军盛况，上万艘快船行驶于淮水之上，战旗五彩缤纷，密如浮云；兵戈锐利，似干将所造。金钟撞，雷鼓击，白旄冲天而立，黄钺闪闪发光，武将振奋，骑兵骁勇，惊风泛吹，涌波兴起，军容整齐，"赫哉盛矣"！

---

① 赵幼文：《曹植集校注》，人民文学出版社，1984年，第64页。

② 俞绍初：《建安七子集》，中华书局，2005年，第99页。

③ 夏传才、唐绍忠：《曹丕集校注》，中州古籍出版社，1992年，第54页。

其三,叙述自己建功立业的豪情壮志,及对曹氏集团的赤诚忠心。曹丕《述征赋》言:“建安之十三年,荆楚傲而弗臣。命元司以简旅,予愿奋武乎南邺。”[①]王粲《从军诗》更是篇篇表现了尽微薄之力、为国效劳的心情与愿望。其一言:“窃慕负鼎翁,愿厉朽钝姿。不能效沮溺,相随把锄犁。”其二云:“弃余亲睦恩,输力竭忠贞。惧无一夫用,报我素餐诚。夙夜自恲性,思逝若抽萦。”其三言:“身服干戈事,岂得念所私。即戎有授命,兹理不可违。”其四云:“我有素餐责,诚愧伐檀人。虽无铅刀用,庶几奋薄身。”[②]“轻官忽禄,不耽世荣”之徐幹亦言:“奉明辟之渥德,与游轸而西伐。……伊吾侪之挺力,获载笔而从师。”对于能够随操征伐,十分荣幸,亦非常感激,希望“庶区宇之今定,入告成乎后皇。登明堂而饮至,铭功烈乎帝裳”[③](《西征赋》)。

其四,反映战争给社会带来的破坏,于表现沿途景致之中传递痛心与忧愁,主要集中于曹植和王粲的几首诗作中。曹植建安十六年随父西征经过洛阳,逢应玚奉命北上回邺。诗人登上北邺阪,遥望昔日京都,发出无限感慨:“洛阳何寂寞,宫室尽烧焚。垣墙皆顿擗,荆棘上参天。……中野何萧条,千里无人烟。”班固、张衡所描画赞颂之“东都”“东京”盛景,早已化为灰烬,洛阳一片荒残破败。诗人心中受到巨大冲击,所受震惊和所怀愁悼竟至“气结不能言”[④](《送应氏》其一)。王粲随曹操出征,返回谯县后,回忆途中景况,也有同样感受:“悠悠涉荒路,靡靡我

① 夏传才、唐绍忠:《曹丕集校注》,中州古籍出版社,1992年,第52页。

② 俞绍初:《建安七子集》,中华书局,2005年,第89～91页。

③ 俞绍初:《建安七子集》,中华书局,2005年,第152页。

④ 赵幼文:《曹植集校注》,人民文学出版社,1984年,第3页。

心愁。四望无烟火，但见林与丘。城郭生榛棘，蹊径无所由。雚蒲竟广泽，葭苇夹长流。”[①]（王粲《从军诗》其五）和平土地，遭遇战乱，人烟稀少，飞禽悲鸣，断壁残垣，杂草丛生。中原如此，边地何异？建安二十年，曹操西平金城，王粲就目睹了这样一幅场景：“冰雪截肌肤，风飘无止期。百里不见人，草木谁当迟”[②]（《七哀诗》其三）。

邺下时期，曹操征战频繁，军戎类作品数量颇多，多为赋作。颂扬曹操，美饰曹军，铺陈战场，抒发己志是其主要内容。诗作较少，王粲《从军诗》是《文选》军戎类唯一收录的作品，亦是反映邺下时期战争题材的优秀作品。诗中不仅称美曹操，张扬军威，述己功愿，而且改变《从军行》皆军旅苦辛之辞的旧意，诗中多叙从军之乐，斗志激昂，气势磅礴，意兴高扬，节奏轻快，与传统军戎题材颇不相同。

（五）情爱

孙明君在《三曹与中国诗史》一书中，爬梳中国诗坛之情感天地时指出，《诗三百》与《楚辞》之“情”是多维度、多方面的。两汉时代，因儒士以礼制“情”，除了汉乐府民歌之外，情遭封闭，至建安，“诗坛终于响起了震耳的春雷。先是《古诗十九首》的作者，继而是邺下诗人群体登上了诗坛，他们直承《诗》、《骚》、《庄》之传统，不仅恢复了先秦诗歌已有的情境，同时奋力开拓，开出了许多前所未有的情感世界。……在人与人的情感领域，爱情、

① 俞绍初：《建安七子集》，中华书局，2005年，第91页。

② 俞绍初：《建安七子集》，中华书局，2005年，第87页。

亲情、友情之作大量涌现……"[①]事实确实如此。宴游中,"置酒高堂上,友朋集光辉"[②](阮瑀《杂诗》),"我岂狎异人,朋友与我俱"[③](曹植《赠丁廙》),等等,已经充分表现了邺下文人的深厚友情。刘桢作诗勉励从弟,曹丕、曹植兄弟于诗文中也表现出种种离愁别绪,如曹植《离思赋序》言:"建安十六年,大军西讨马超,太子留监国,植时从焉。意有怀恋,遂作《离思赋》云。"[④]曹丕《感离赋序》言:"建安十六年,上西征,余居守。老母、诸弟皆从,不胜思慕,乃作赋曰。"[⑤]另有子丧女亡时所作哀辞,亲情之真切感人尽显笔端。

亲情、友情已然,对于男女之间的情爱,邺下俊彦更有突出的表现。考察文士于邺下时期创作的反映男女情爱的作品,大体分为三类。一类从题目至内容均直接描写青年男女之间的相恋相思之情。曹丕创作了大量此类题材的作品,或闺帷悲吟,宛转反侧,或思慕佳人,淫清跳宕。如《燕歌行》其一:

贱妾茕茕守空房,忧来思君不敢忘。
不觉泪下沾衣裳,援瑟鸣弦发清商。[⑥]

① 孙明君:《三曹与中国诗史》,清华大学出版社,1999年,第56页。

② 俞绍初:《建安七子集》,中华书局,2005年,第160页。

③ 赵幼文:《曹植集校注》,人民文学出版社,1984年,第141页。

④ 赵幼文:《曹植集校注》,人民文学出版社,1984年,第40页。

⑤ 夏传才、唐绍忠:《曹丕集校注》,中州古籍出版社,1992年,第57页。

⑥ 夏传才、唐绍忠:《曹丕集校注》,中州古籍出版社,1992年,第21页。

其二：

别日何易会日难，山川悠远路漫漫。
郁陶思君未敢言，寄声浮云往不还。
涕零雨面毁容颜，谁能怀忧独不叹。①

一个少妇对夫君深刻到近乎极端的思念，化为种种微妙复杂的内心活动，往复周转，其心理陈述之真切，挟情择词之宛转，顾盼哀怨，性灵摇曳，真是刻骨铭心，哀摧肺肝。王夫之评曰："倾情倾度，倾色倾声，古今无两。"②《秋胡行》言："朝与佳人期，日夕殊不来。……企予望之，步立踟蹰。佳人不来，何得斯须？"③描写一名男子在热切地盼望着心仪之人能够如约而至，从朝阳初升至日落西山，焦灼徘徊，痴痴等待。《善哉行》其二云："离鸟夕宿，在彼中洲。延颈鼓翼，悲鸣相求。眷然顾之，使我心愁。"④用生动的比喻，描写相思男子对德、才、貌兼备的美人那种深深渴求不得的悲愁心态。

中国古代表现爱情的诗歌，一般具有这样两个特点：一是多为民歌，曹丕以前的文人很少于诗中表现男女私情；二是多为女子之泪，绝少写男子苦恋之情。而上述两首却均是以男性视角

① 夏传才、唐绍忠：《曹丕集校注》，中州古籍出版社，1992年，第22页。

② 王夫之：《船山遗书》集部第八函，上海太平洋书店重校刊，1933年，第9页。

③ 夏传才、唐绍忠：《曹丕集校注》，中州古籍出版社，1992年，第23～24页。

④ 夏传才、唐绍忠：《曹丕集校注》，中州古籍出版社，1992年，第26页。

写恋情的。“在描写自我情爱世界这一点上,后惟唐代诗人李商隐可与之比肩。”①男性为“佳人”“美人”心思颠覆,浮想联翩,词面风情婀娜,思绪细腻温柔,如此精致到匪夷所思的情愫令人陶醉。

徐幹《室思》六章,拟怨妇口吻作词,流利婉转,情致缱绻,是邺下文人同类作品中的佼佼者。“室思”犹闺情,前五章写女子对于远方爱人的思念、盼望和失望之情,末章写希望对方不忘旧情。其中第三章和第六章更为历来评家所欣赏。其三章云:

浮云何洋洋,愿因通吾辞。
飘摇不可寄,徙倚徒相思。
人离皆复会,君独无返期。
自君之出矣,明镜暗不治。
思君如流水,何有穷已时。②

首四句,相思难寄,遂欲借浮云托兴,但浮云飘走,低徊无告,空自相思;中二句,点明相思的原因,末四句言明镜蒙灰,思念滔滔,意味悠长,如泣如诉,亲切自然,沁人心脾。第六章云:

人靡不有初,想君能终之。
别来历年岁,旧恩何可期。
重新而忘故,君子所尤讥。
寄身虽在远,岂忘君须臾。

---

① 孙明君:《三曹与中国诗史》,清华大学出版社,1999 年,第 57 页。

② 俞绍初:《建安七子集》,中华书局,2005 年,第 145 页。

既厚不为薄，想君时见思。①

首二句“笔意超甚”，以有初有终“坐实彼边”，希望丈夫不忘故人；“别来”六句，将情感转回自己，“旧恩虽不可期，却不敢须臾忘彼”②。思念之中，期望、担心、恐惧、痛苦，如见其人，如闻其声，一唱三叹，“情极深致”③。徐幹另有《情诗》一首，亦表现妇人对一去不返之情人的思念之情。

在此类诗中，值得提到的还有繁钦的《定情诗》。诗写一未婚女子与一男子不期而遇，一见倾心，“我既媚君姿，君亦悦我颜”，希望与他入幽室，侍寝，执衣，陪伴他生活。如此大胆表露，追求爱情，虽违反礼节，却反映出人性的觉醒。诗的第二部分连用十余对“何以”的问答句式，通过互赠礼物，传达彼此之间的深情，推移热恋发展过程，表现萦绕心头的激动与忧伤。最后一部分写男子有约不来给她造成的痛苦。“东山隅”“山南阳”“西山侧”“北山岑”，是男子应允的约会地点。女子满怀希望地等待，从“日旰”“日中”到“日夕”“日暮”，忍受着谷风、凯风、凉风、凄风，而男子却连一次也未践约。她遥望，她徘徊，她叹息，她涕泣，“望君不能坐，悲苦愁我心”，“自伤失所欲，泪下如连丝”。如此痛苦，却不因对方失约而怀疑情人断绝恋情，真是位纯真而痴情的女子。繁钦的这首《定情诗》亦称为建安诗苑爱情诗中的奇葩！

情爱另一类作品则是间接表现了男女之间生离死别之情，多以女性口吻写出，且多为同题之作。如建安十七年阮瑀亡后，

---

① 俞绍初：《建安七子集》，中华书局，2005 年，第 146 页。

② 张玉榖：《古诗赏析》，上海古籍出版社，2000 年，第 218 页。

③ 沈德潜：《古诗源》，中华书局，1963 年，第 131 页。

曹丕感其寡妻幼子孤苦，自作《寡妇诗》《寡妇赋》，并命王粲作《寡妇赋》，丁廙（妻）亦作。作品描写阮妻望着丈夫遗孤，“坐幽室兮无为，登空床兮下帏。涕流连兮交颈，心憯结兮增悲”[①]（王粲《寡妇赋》），“伤薄命兮寡独，内惆怅兮自怜……愿从君兮终没，愁何可兮久怀”[②]（曹丕《寡妇赋》），“仰皇天而叹息，肠一日而纠结”[③][丁廙（妻）《寡妇赋》]。柔弱女子，中年丧夫，家庭支柱顿然逝去，何等无依无靠，“欲引刃以自裁，顾弱子而复停”，看着尚处年幼的孩子，心中是如何的绞痛与思念亡夫。当年轻时的浪漫爱情化为中年相依相伴的亲情，如此撒手人寰，怎能不想念到痛断心肠！

另有一事亦为邺下文士所关注。平虏将军刘勋喜欢上山阳女子司马氏，便以无子为由，将入门二十余年之妻王宋休出家门。闻听此事，曹丕、曹植、王粲等文人纷纷作诗作赋。

或描述王宋为人妻时，恪守妇道，辛勤劳作的情形，“竦余身兮敬事，理中馈兮恪勤”（王粲《出妇赋》），“以才薄之陋质，奉君子之清尘。承颜色而接意，恐疏贱而不亲”[④]（曹植《出妇赋》）。

或抒发对王宋无子的遗憾哀伤，“伤茕独之无恃，恨胤嗣之不滋”（曹丕《出妇赋》），“悲鸣夫何为？丹华实不成。拊心长叹息，无子当归宁。有子月经天，无子若流星。天月相始终，流星

---

① 俞绍初：《建安七子集》，中华书局，2005年，第101页。

② 夏传才、唐绍忠：《曹丕集校注》，中州古籍出版社，1992年，第58页。

③ 严可均：《全上古三代秦汉三国六朝文》（第二册），河北教育出版社，1997年，第902页。

④ 赵幼文：《曹植集校注》，人民文学出版社，1984年，第35页。

没无精"[①]（曹植《弃妇赋》）。

或表现王宋对感情的忠贞不渝，"甘没身而同穴，终百年之长期"（曹丕《出妇赋》），"人言去妇薄，去妇情更重。千里不唾井，况乃昔所奉"[②]（曹植《代刘勋妻王氏杂诗》），"昔将尔同去，今将尔同归"[③]（曹丕《代刘勋妻王氏杂诗》）。

或抒发王宋对丈夫的冷酷绝情，不忍割舍却又无力阻挡的怨恨悲痛，"念在昔之恩好，似比翼之相亲，惟方今之疏绝，若惊风之吹尘"[④]（曹丕《出妇赋》），"痛一旦而见弃，心忉忉以悲惊。……恨无愆而见弃，悼君施之不终"[⑤]（曹植《出妇赋》），"君不笃兮终始，乐枯荑兮一时。心摇荡兮变易，忘旧姻兮弃之"[⑥]（王粲《出妇赋》）。

总之，文人沿袭《诗经·卫风·氓》的写作手法，以第一人称的口气，善用对比、拟人，叙说因无子被弃之王宋的不幸遭遇，字里行间，充满深深的同情。

邺下情爱之作的第三类是闲情类，包括曹植的《静思赋》，王粲的《闲邪赋》，陈琳、阮瑀的《止欲赋》，应玚的《正情赋》，等等。其旨意似陶渊明《闲情赋》序所言："初，张衡作《定情赋》，蔡邕作《静情赋》，检逸辞而宗澹泊，始则荡以思虑，而终归闲正。将以

---

① 赵幼文：《曹植集校注》，人民文学出版社，1984年，第33页。

② 赵幼文：《曹植集校注》，人民文学出版社，1984年，第532页。

③ 夏传才、唐绍忠：《曹丕集校注》，中州古籍出版社，1992年，第532页。

④ 夏传才、唐绍忠：《曹丕集校注》，中州古籍出版社，1992年，第76页。

⑤ 赵幼文：《曹植集校注》，人民文学出版社，1984年，第35～36页。

⑥ 俞绍初：《建安七子集》，中华书局，2005年，第101页。

抑流宕之邪心，谅有助于讽刺。"①既要抒发爱的情感，又要防止流于淫荡而伤害礼仪。

此类作品用大篇幅摹写女子光彩艳丽的容貌，如"夫何美女之娴妖，红颜晔而流光"（曹植《静思赋》）；"色曜春华，艳过硕人"（陈琳《止欲赋》）；"应灵和以挺质，体兰茂而琼洁"（应玚《正情赋》）。服饰美轮美奂，如"绾玄发以流光，结翠叶于珠簪。……袭游闲之妓服，褥阿縠之桂裳"（繁钦《弭愁赋》）。才性无与伦比，如"卓特出而无匹，呈才好其莫当。性通畅以聪惠，行嬚密而妍详"②（曹植《静思赋》）；"横四海而无仇，超遐世而秀出"（王粲《闲邪赋》）；"执妙年之方盛，性聪惠以和良。禀纯洁之明节，后申礼以自防。重行义以轻身，志高尚乎贞姜"（阮瑀《止欲赋》）。如此春华灿烂、美丽安闲、聪明智慧的"历千代其无匹，超古今而特章"（阮瑀《止欲赋》）的年轻女子，是否心如艳阳、无忧无虑呢？恰恰相反。她或"目炯炯而不寐，心忉怛而惕惊"（王粲《闲邪赋》），或"宵炯炯以不寐，昼舍食而忘饥"（陈琳《止欲赋》），或"怀纡结而不畅兮，魂一夕而九翔"（阮瑀《止欲赋》）。原因为何呢？因为如此风华正茂之卓异女子，尚无匹配之意中人，"发唐棣之春华，当盛年而处室。恨年岁之方暮，哀独立而无依"③（王粲《闲邪赋》），"出房户以踯躅，睹天汉之无津。伤匏瓜之无偶，悲织女之独勤"（阮瑀《止欲赋》）。不仅表现女子之孤独愁绪，文士们还于篇中表现自己对此等佳丽淑女的欣赏喜爱求匹之情，"叹北风之好我，美携手之同归"④（陈琳《止欲赋》），"余心嘉夫淑

① 逯钦立：《陶渊明集》，中华书局，1979年，第153页。

② 赵幼文：《曹植集校注》，人民文学出版社，1984年，第37页。

③ 俞绍初：《建安七子集》，中华书局，2005年，第100页。

④ 俞绍初：《建安七子集》，中华书局，2005年，第37页。

美，愿结欢而靡因”[①]（应玚《正情赋》）。此类作品创作宗旨是“归于闲正”，一般体现于赋作的末尾。曹植面对如此美女，依然选择悲哀离去，“愁惨惨以增伤悲，予安能乎淹留”；阮瑀则压抑感情，“知所思之不得，乃抑情以自信”[②]。但综观全篇，这种初衷颇似汉赋之“劝百而讽一”的功效，规范感情的宗旨并未完全体现。此外，王粲、陈琳、应玚等人作有《神女赋》，盛赞神女，亦似上述诸篇，暂且归入。

① 俞绍初：《建安七子集》，中华书局，2005年，第176页。

② 俞绍初：《建安七子集》，中华书局，2005年，第163页。

四　邺下文人集团的历史地位及影响

(一) 历史地位

回顾历史,文人集团的发展经历了不同的阶段。先秦,文人出于各种需要走到一起,是文人集团的形成期,包括以孔孟墨为代表的授徒游说之学人集团,以战国四君子为代表的成员复杂之门客集团,以齐稷下集团为代表的倍受尊上的国士集团。汉代,时代揭开新的一页,文人集团进入初创期,包括乐府机关写作的文学家群体(并非团体);诸侯宾客赋家集团,以吴王刘濞、梁孝王刘武与淮南王刘安最为著名;中央朝廷组织的集体文学创作活动,如柏梁台作诗和鸿都门学。汉末建安时,文人集团走向彬彬之盛的时期,在中国文学发展的浩浩长河中,邺下文人集团实具超越前代、开启后世之功。

首先,规模未至空前,但精华悉数荟萃。建安之前,先秦门客集团食客三千颇为普遍;齐稷下集团“学士复盛,且数百千人”[①];西汉淮南集团刘安“招致宾客方术之士数千人”[②];东汉灵

① 司马迁:《史记》,中华书局,1959年,第1895页。

② 班固:《汉书》,中华书局,1962年,第2145页。

帝设鸿都门学，安置“能为尺牍辞赋及工书鸟篆者”[①]，亦达千人。而邺下文人集团人员数量上虽未有超越，但其荟萃其时精华，却是史无前例的。参考史书，历代文人群体闻名于世之代表人物，齐稷下集团为淳于髡、邹衍、田骈等，吴王刘濞集团为枚乘、邹阳、严忌等，梁孝王梁园集会者为枚乘、邹阳、司马相如等，东汉永元文士集团为班固、傅毅、崔骃，鸿都门学留下姓名者仅有蔡邕、阳球、杨赐等八人。而邺下文人集团则汇集了当时绝大多数的文学精英。

其次，地位有所不同，性质因此改变。战国四君子所养食客并无官职。齐国由国君出面招贤纳士，嘉命文人为“列大夫”，并非真正的王廷官号，而仅是给予相当于士大夫的待遇。有汉一代，武帝之前的中央朝廷对赋未加特别喜爱，辞赋之士大多集中于诸侯藩国。枚乘、司马相如等人更是因为喜好辞赋，辞去中央朝廷官职投奔梁孝王。西汉自武帝开始至宣、元、成诸帝，皆好辞赋，故而大量招揽文士至中央朝廷，组织创作，成就了一批赋才卓荦的作家，如司马相如、东方朔、枚皋、王褒、扬雄等人。但他们都是由于辞赋创作之才而被皇帝看中的，并且在朝廷中是专门从事文学创作的。这一情况，班固《两都赋序》曾有记载：“故言语侍从之臣，若司马相如、虞丘寿王、东方朔、枚皋、王褒、刘向之属，朝夕论思，日月献纳。而公卿大臣，御史大夫兒宽、太常孔臧、太中大夫董仲舒、宗正刘德、太子太傅萧望之等，时时间作”，可见司马相如等人与公卿大夫在地位上有实质区别。对此，赋家自身也有认识，枚皋曾言：“为赋乃俳，见视如倡”，以辞赋创作得到皇帝宠幸，地位仅与以滑稽才能为皇帝服务的俳优

---

① 范晔：《后汉书》，中华书局，1965 年，第 340 页。

相同,"而不得比严助等得尊官"[1]。东汉灵帝设鸿都门学,是我国历史上第一个专门为文学创作者与文学家们成立的全国性的中央级组织团体,文人经地方三公推荐进入鸿都门下,一段时间之后,"或出为刺史、太守,入为尚书侍中,乃有封侯赐爵者"[2],地位大大提高。

对于邺下文人,不论是本属于曹操阵营的丁仪、丁廙、杨修等人,还是投奔至曹营的王粲、刘桢、陈琳,抑或受诏来到邺下的阮瑀、徐干、应玚、繁钦,他们均有一定的官职。陈琳为司空军谋祭酒,后徙门下督;阮瑀为司空军谋祭酒,后徙仓曹掾属;王粲为丞相掾,后迁军谋祭酒,再拜侍中;吴质为朝歌长,后迁元城令,曹丕称帝后拜北中郎将,封列侯;杨修为丞相主簿;丁仪为尚书,丁廙为黄门侍郎;徐干为五官将文学;刘桢、应玚先为丞相掾属,后为平原侯庶子,再转五官将文学……诸人虽未至大夫公卿,却已不是专门从事文学创作以图朝廷宠爱的专职文士。

邺下文士是在曹氏集团供职的官员,他们随军四处征伐,为曹氏出谋划策,身为侍中如王粲,既创作论、难表述一己之政治主张,又为曹魏兴立礼仪制度;身为平原侯庶子如刘桢,作书规劝主人言行德礼;掌管记室如陈琳、阮瑀,为军国大事起草书檄。虽然部分官职同文化、教育、艺术有关,但文学创作尤其是诗歌辞赋,是他们的"副业"。他们不必"朝夕论思,日月献纳",他们的生活不局限于吟诗作赋以博取青睐和宠用,因此他们不是纯粹的侍从文人。邺下文士的理想是于政治浪潮中奋发搏击,并非于文学天地中施展毕生精力。他们未成流派,没有鲜明的文学理论主张与主体文风倾向。他们是因时代机缘而聚集邺下十余年的一批当时

---

① 班固:《汉书》,中华书局,1962年,第2367页。

② 范晔:《后汉书》,中华书局,1965年,第1998页。

名士，虽有官职，却未成就赫赫功名。他们是切磋唱和、进行诗文创作的群体，所以是有一定文学侍从色彩的文人集团。

（二）文学影响

1. 对文人创作的影响

邺下文人集团对文人创作的影响，可以分成两种情况进行讨论。一类为王粲等六子，他们前期已各自成名，亦创作了一批脍炙人口的作品。来到邺下之后，在文人集团中，创作的题材内容、艺术倾向发生了变化。另一类为曹丕、曹植兄弟，他们的青春岁月在邺城度过，随着六子相继去世，曹丕代汉称帝，君临天下，曹植饱受排挤压迫四处迁徙，兄弟二人均离开邺城，开始全新的生活。邺下文人集团虽已宣告结束，但影响仍然体现于二人的创作之中。

王粲等人来到邺下之前已经才雄名盛，但生活颠沛流离，体尝兵燹之灾，目睹家园破败，创作多以描写战乱，抒写忧患意识为主，多有名篇传世。王粲《七哀诗》其一表现诗人自长安之荆州，沿途所见“白骨蔽平原”之“乱世之苦”，与曹操《薤露》《蒿里》同为记述汉末丧乱之优秀篇章。王粲滞留荆州十余年未得刘表重用，惆怅登楼聊以消忧，作《登楼赋》，抒情写景融合无间，是赋史上抒情小赋的名篇之一。陈琳书檄最为著名，为声讨曹操作《移豫州檄》，历数曹操罪状恶行，谴斥揭露，锐利尖刻，气势壮盛，咄咄逼人，“壮有骨鲠”[①]。阮瑀亦以文著称，不以诗闻，但其

① 范文澜：《文心雕龙注》，人民文学出版社，1958年，第378页。

《驾出北郭门行》一诗展示“后母憎孤儿”的家庭悲剧，如在眼前，催人泪下，“质直悲酸，犹近汉调”①，亦是“实录”“诗史”性的作品。正如《文心雕龙·时序》篇所言：“观其时文，雅好慷慨，良由世积乱离，风衰俗怨，并志深而笔长，故梗概而多气也。”②

建安十三年，王粲等人相继汇至邺城之后，地位提高，过上了相对稳定的生活，因而诗歌的内容风格同前期有所不同。除了继续关照社会，抒发辅君匡济、建立功祚怀抱的作品之外，笔下世界扩展到日常生活的很多方面：侍宴、赠答、送别、游览、怀古、羽猎、室思、闲情，以及弹棋、斗鸡的娱戏和大量以动物、植物、器皿、玩饰为对象的咏物之作，不仅丰富了诗歌言情的领域，也开拓了辞赋表现社会领域的内涵，并从中表现个人内心的情感世界。

由于同处邺下十余载，游园宴饮，南征北战，接触便利，往来频繁，王粲等文人多有同题或同境之作，骋辞竞采倾向十分明显，构思谋篇，遣词结句，意境创造，比兴运用，等等，往往颇见匠心，逐渐摆脱质朴古拙的手法，文字能力和描写技巧得到很大提高。此点在前面分析咏物之作时已举《大暑赋》为例进行过比较说明，现在再举宴饮诗作为补充。曹丕率众文人畅游北园，登台临馆，所见景色无非为风月水川、亭台楼阁、鸟兽鱼虫、星车花草、珍肴佳酿、棋弈歌舞……同样的景致于不同的作品中竟得以丰富表现。刘桢《公宴诗》云：

辇车飞素盖，从者盈路傍。

---

① 陈祚明：《采菽堂古诗选卷七》，清乾隆廿三年刻本。

② 范文澜：《文心雕龙注》，人民文学出版社，1958 年，第 674 页。

月出照园中，珍木郁苍苍。
清川过石渠，流波为鱼防。
芙蓉散其华，菡萏溢金塘。
灵鸟宿水裔，仁兽游飞梁。
华馆寄流波，豁达来风凉。①

曹丕《芙蓉池作诗》云：

乘辇夜行游，逍遥步西园。
双渠相溉灌，嘉木绕通川。
卑枝拂羽盖，修条摩苍天。
惊风扶轮毂，飞鸟翔我前。
丹霞夹明月，华星出云间。②

曹植《公宴诗》云：

清夜游西园，飞盖相追随。
明月澄清景，列宿正参差。
秋兰被长坂，朱华冒绿池。
潜鱼跃清波，好鸟鸣高枝。
神飚接丹毂，轻辇随风移。

王粲《公宴诗》云：

---

① 俞绍初：《建安七子集》，中华书局，2005年，第188页。

② 夏传才、唐绍忠：《曹丕集校注》，中州古籍出版社，1992年，第4页。

昊天降丰泽，百卉挺葳蕤。
凉风撤蒸暑，清云却炎晖。
高会君子堂，并坐荫华榱。
嘉肴充圆方，旨酒盈金罍。
管弦发徽音，曲度清且悲。①

诗人发挥无限的想象空间，状物之形却让人感受到景物之鲜润生动，描写或从上至下，或由远及近，安排布置错落有致，具有鲜明的立体感和层次感，情辞华美，有声有色，引人入胜。

曹丕、曹植兄弟亦深受邺下文人集团的影响。邺城时期，曹丕生活浪漫，作风豪奢，诗赋作品多写贵游生活，兼及征夫思妇等题材，驰骛游猎，旅食歌饮，多有唱和；书笺文章叙述敷衍，事贯理畅、悲言真情跃然纸上，文字优雅，甚得记述之美。不仅领导了邺下文人集团的活动，创作上也取得了很大成绩。建安二十五年曹操辞世，曹丕作为政治家登上历史舞台，稳定政权，代汉称帝，政事繁忙，却并未忘怀于文学。承袭邺城留于其心底的文学基因，继续进行创作，内容多着意张扬帝王威势，宣示文治武功。从现存作品来看，曹丕大部分诗赋创作完成于执掌玉玺之前，后期创作数量较少。《饮马长城窟行》《至广陵于马上作诗》等篇描写征伐之战，兵戈铁甲，军威气盛；《令诗》展现白骨纵横、下民哀哀的丧乱之景；《短歌行》抚筝和歌，抒发思父之情……题材内容、艺术特色方面并无明显进步。

曹丕受邺下文人集团的影响未过多体现于辞赋创作中，而是蕴含于《典论·论文》之中。创作于建安末期至黄初初年的

① 俞绍初：《建安七子集》，中华书局，2005年，第89页。

《典论·论文》[1]，对文人以及作文的一些普遍性问题发表了自己的看法，可以视为对邺城时期文人创作的总结，或者是由于邺下文人集团的活动引发了作者思考，上升至理论归纳而成。全文分为三个部分。

第一部分，曹丕谈到文人相轻的问题。分析原因之后，即以建安文人为例进行说明。首先举称七子"于学无所遗，于辞无所假，咸以自骋骥騄于千里，仰齐足而并驰"。继而分析他们的创作情况，从文体上看，王粲"长于辞赋"，徐幹之赋可以同其匹敌，"虽张蔡不过也"。陈琳、阮瑀之"章表书记，今之隽也"。从语言风格上看，应玚"和而不壮"，刘桢"壮而不密"。此等切中肯綮、熟悉了解的评骘，若非昔日同乘并载、亲密往来的生活，试问又岂能达到？

其次，辨析文体特点。文体差异早已形成，却一直无人总结。扬雄曾说："诗人之赋丽以则，辞人之赋丽以淫"[2]（《法言·吾子》），仅就赋体内部进行比较。而曹丕则指出："奏议宜雅，书论宜理，铭诔尚实，诗赋欲丽。"虽仅涉及八种文体，且两两相论，却在理论上前进了一大步。究其原因亦在于邺下文人集团。

曹丕是集团领袖，不仅在于其号召力和组织力，还在于其观察和分析能力。邺下文人创作，包含诸多文体，诗赋自不必言。书体，曹丕有《答繁钦书》《答杨修书》《与吴质书》《与钟繇书》等十余篇，曹植有《与吴季重书》《与杨德祖书》《与陈琳书》《与丁敬礼书》等数篇，繁钦、吴质、杨修等人亦有答书；论体，阮瑀、应玚皆有《文质论》，王粲有《爵论》《儒吏论》《安身论》《务本论》《难钟

---

① 夏传才、唐绍忠：《曹丕集校注》，中州古籍出版社，1992年，第236～241页。

② 扬雄：《法言·吾子篇》，中华书局，1985年，第5页。

荀太平论》，等等，徐幹有“成一家之言，辞意典雅”的《中论》二十余篇（曹丕《又与吴质书》）；铭体，王粲《蕤宾钟铭》《无射钟铭》《砚铭》《刀铭》，曹植《咏承露盘铭》《宝刀铭》，曹丕《武熟釜铭》《露陌刀铭》；诔体，曹丕《曹仓舒诔》，曹植《光禄大夫荀侯诔》《王仲宣诔》《武王诔》，王粲《阮元瑜诔》……如此众多繁富的作品方便了具有领袖眼光的曹丕辨析归纳。倘若没有邺下诸子涉及诸多文体的丰赡创制，曹丕再有理论修养也会如无源之水，无本之木的。

第二部分，谈到文气问题及作家创作个性。文人创作差异，一体现于文章体裁，前已论及。二则表现于气质禀性，此属先天，难以效仿遗传。并指出孔融“体气高妙”，徐幹“时有奇气”。同文人擅长体式及语言风格相似，亦是群体往来深谙熟知的结果。

第三部分，探讨为文的功能问题，提出“盖文章经国之大业，不朽之盛事”，把文固有的社会功能加以提炼和归纳，提高文学的社会地位，强调士人可通过著述达到生命不朽。曹丕身为太子（帝王），仍然认为若达不到此点而忽然死去，就是“志士之大痛”，尽显文人本色。其大体同时所作《又与吴质书》称赞徐幹：“著《中论》二十余篇，成一家之言，辞义典雅，足传于后，此子为不朽矣。”[①]由文人创作升华至不朽理论，可知亦是邺下文人集团之功。况且，邺下作家之一的杨修于建安二十一年《答临淄侯笺》中曾言：“若乃不忘经国之大美，流千载之英声，铭功景钟，书名竹帛，斯自雅量，素所畜也，岂与文章相妨害哉？”[②]曹丕之观

① 夏传才、唐绍忠：《曹丕集校注》，中州古籍出版社，1992年，第108页。

② 萧统：《文选》（李善注），上海古籍出版社，1986年，第1820页。

点或是受其影响。如此种种，若无邺下文人集团的存在，曹丕何来体会体验，更何谈理论总结呢？

对于曹植，受集团影响主要体现在诗赋文章的创作之中。曹植的文学创作以建安二十五年为界。前期兴趣广泛，题材多样：既有贵游公子的悠游浮华，又有面对现实的清醒，慷慨多气，重情重义。后期即离开邺城之后，因受曹丕、曹睿父子的排挤压制，乐观精神和洒脱风貌日渐消失，代之而兴的是“忧生之嗟”。既有赠答、咏物，反映世积乱离、相思愁怨的诗赋作品，又有渴望参政、志效明时、立功圣世之诸多表文。无论诗赋表文，大体沿袭了邺下文人集团时期已然出现之重藻采、讲华美的趋势，并将其推向高峰。刘勰曾言：“魏初表章，指事造实，求其靡丽，则未足美矣。……陈思之表，独冠群才。观其体赡而律调，辞清而志显，应物制巧，随变生趣，执辔有余，故能缓急应节矣。”[①]认为曹植表文词章彪炳，含义相扶，生机勃勃，美轮美奂。曹植之“词采华茂”，还表现于比兴的运用及意境的营造方面。邺下文人已用比兴手法于诗赋创作中，刘桢之《赠从弟诗》是为代表，曹植后期创作更是大量运用比兴。《赠白马王彪》中“鸱枭”“豺狼”“苍蝇”之比，“寒蝉”“归鸟”“孤兽”之兴，既多且妙。《杂诗》六首首首比兴，《吁嗟篇》更是全篇皆比，并注重情事理境的融合，使得作品精彩丰满。并且强化辞赋之抒情性，以《洛神赋》为代表，渲染笼盖天地的哀愁气氛，弥漫世人心中绵绵无限的悲怨凄切，摇撼人心，感动千载。其中描摹美女一段，更逞骋词结句之天气，超越邺城时期众人对女性的所有描写。如此种种曹植后期的创作特点，于邺下均有根可寻，或多或少，联系丝丝绕绕。

---

① 范文澜：《文心雕龙注》，人民文学出版社，1958年，第407页。

2. 对文学发展的影响

自古以来，文人群体的出现对文学创作与发展都发挥着不可替代的作用。有汉一代，赋是最兴盛最受人瞩目的文学样式，但武帝之前中央朝廷对赋尚未有特殊关爱，赋家多集中在诸侯藩国。吴王刘濞门下曾经集中枚乘、邹阳、严忌、朱买臣等人，皆擅长辞赋。后因刘濞发动"七国之乱"谋反，枚乘、邹阳等人改投梁孝王，司马相如亦弃官随往。另有羊胜、路乔如、公孙诡、韩安国等。梁孝王视他们为上宾，宾主相得，以文会友，置酒高会，游赏唱和，形成赋家群体。淮南王刘安为人好书，招宾客数千人，虽未有如梁园宾客之司马、枚乘等大家，但留下辞赋作品是最多的。《汉书·艺文志》著录淮南王赋八十二篇，其群臣赋四十四篇。因此汉初赋的发展，是在诸侯王招揽与延纳的辞赋群体中生成的。

汉武帝即位，大征天下贤良方正文学之士，司马相如、东方朔、枚皋等文坛俊杰相继来到武帝身边，形成一个庞大的文学侍从群体。武帝对学士的亲幸，对文学事业的热心推动，为赋家创作提供了优于前世的良好环境。赋家们在皇帝的欣赏、支持、组织、命令下，创作了颇多具有典范意义的汉赋。只是由于性格、身份、地位等原因，司马相如等人并无明显讨论切磋之事。宣帝、成帝亦是十分重视，汉赋创作经三十余年低谷后又迎来春天。文士们以前期司马相如的创作成就为基础，呼朋引类，竞相造作，不断探求，终至引发了一场关于赋的社会意义乃至文学性质的讨论。当时许多大臣认为赋是"淫靡不急"之事，不赞同朝廷奖掖赋的创作，而宣帝则言："辞赋大者与古诗同义，小者辩丽可喜。譬如女工有绮縠，音乐有郑卫，今世俗犹皆以此虞说耳目”[①]。在已指出“辩丽可喜”为赋特征的基础上，扬雄又揭出“诗人之赋丽以则，辞人之赋丽以淫”的观点。汉代文人群体就是这样推动了赋体的认识和发展的。

邺下文人集团在曹丕的领导下，自建安十三年开始到建安二十一年衰退，终至建安二十五年彻底退出历史舞台，十三年间或置酒乐饮，吟诗作赋，或书信往来，切磋技艺，或著书立论，探讨文道，形成了文学繁荣局面，促进了文学的发展。文人集团如何推动了文学的进步繁盛，掀起文学史上的高潮，下面从文学环境、文学创作、文学探讨三个方面析而论之。

首先是文学环境。

文士在曹操的感召、延揽下先后来到邺城为其效力，就客观环境而言，邺城受战乱破坏较小，是当时中原最繁华富裕的城市。邺下俊彦或成为曹操属吏，或入丕、植兄弟府中，物质条件优裕闲适，不必为生活困顿奔走。

从主观环境看，邺城最高统治者曹操虽为军阀，但其本人文化素质很高，对文士的认识和理解相当深刻，知人善任，鼓励他们进行文学创作。集团领袖曹丕“好闲知文，十倍于操”[②]，与邺下文士友善往来，亲密交好。刘桢因平视甄氏被治罪后，曹丕“独不见怨”；刘桢逝去，“悲伤绝弦，中心好之，弗闻其过也。其知公干，诚犹钟期伯牙云”[③]。王粲病卒之后，曹丕亲临丧葬，“顾与同游曰：‘王好驴鸣，可各作一声以送之’，赴客皆一作驴

---

① 班固：《汉书》，中华书局，1962 年，第 2829 页。

② 张溥：《汉魏六朝百三家集》，扫叶山房石印本，1925 年，第 57 页。

③ 张溥：《汉魏六朝百三家集》，扫叶山房石印本，1925 年，第 84 页。

鸣”[①]。曹丕组织“延宾高会”之时，常常同乘并载，以游后园，亦或“行则同舆，止则接席”，“朝游夕宴，究欢愉之极，天下良辰、美景、赏心、乐事，四者难并。今昆弟友朋，二三诸彦共尽之矣”[②]，并无高高在上的姿态。

至于曹植，丁廙曾言“当今天下之贤才君子，不问少长，皆愿从其游而为之死”[③]，更是性情自由、无拘无束之人。初见邯郸淳时，“不先与谈”，“呼常从取水自澡讫，傅粉，遂科头拍袒，胡舞五椎锻，跳丸击剑，诵俳优小说数千言讫”[④]。曹氏父子为文人们开辟了如此宽松自由友朋般的环境，促进了文士之间的平等交流与创作。

其次，关于文学创作有三点需要指出。

第一，刘勰《文心雕龙·明诗》篇曾言：“暨建安之初，五言腾踊。文帝陈思，纵辔以骋节；王徐应刘，望路而争驱”[⑤]，促进五言诗的发展，邺下文人功不可没。领袖曹丕不仅亲作大量五言诗，而且对文人五言创作给与肯定，如曾言刘桢“五言诗之善者，妙绝时人”（《又与吴质书》）。曹植及众文士的赠答、宴饮等诸多题材的创制均采用五言形式，刘桢、阮瑀、徐幹现存诗歌作品百分之百为五言之作。“把汉代作为民谣或者无名氏的诗歌存在的五言诗取来作为文人的表现形式，……这一种文学现象，是起

---

① 刘义庆：《世说新语》，中华书局，1999 年，第 399 页。

② 顾绍柏：《谢灵运集校注》，中州古籍出版社，1987 年，第 135 页。

③ 陈寿：《三国志》，中华书局，1959 年，第 562 页。

④ 陈寿：《三国志》，中华书局，1959 年，第 602 页。

⑤ 范文澜：《文心雕龙注》，人民文学出版社，1958 年，第 66 页。

于他(曹植)的家庭和围绕着他的家庭的文学集团。"[①]邺下文士如此竞作五言诗,为五言诗的发展经历代而不衰奠定了坚实的基础。

第二,拓展情的领域。邺下文士宴饮山水池苑之作,男女欢爱之作,唏嘘往来赠答之作,甚至咏物之作,大多渗透着或浓或淡的感情,展现个人心理,渲染自我意识。既有吟唱时代悲歌的哀情,又有高呼输力薄身的忠情;既有治国济民的豪情,又有经天纬地的激情。在国家社稷、政治仕途、百姓家园这些"正情"之外,更写出一己之"闲情"。既有亡妻弃妇、旷夫怨女、征夫思妇、美人痴男等男女爱恋之情,又有壮志难酬、人生苦短的士人忧怨之情;既有宾客幕僚亲密无间的友朋之情,又有手足情深、父子情重的人伦亲情。"抒情诗作为知识人所采用而此后长期成为这个国家的文学的中心形式,……特别是以曹操、曹丕、曹植父子为中心而开始的。"[②]

不仅诗歌中以抒情为主,辞赋创作亦借鉴融合了抒情诗的特点,或透过自然现象关照民生感慨时事,如曹丕《愁霖赋》言:"岂在余之惮劳,哀行旅之艰难。仰皇天而太息,悲白日之不旸"[③];或假借动植物投射内心难以言说之情,如王粲《鹦鹉赋》抒发对自由美好生活的追求。抒情小赋在邺下的创作获得了新的活力,开始了它发展史上的第二个春天。

第三,语言及艺术手法的运用。上文论及邺下文人集团对王粲等六子的改变及对曹植后期创作之影响已经涉及这个问

---

① 吉川幸次郎:《中国诗史》,安徽文艺出版社,1986年,第131页。

② 吉川幸次郎:《中国诗史》,安徽文艺出版社,1986年,第8页。

③ 夏传才、唐绍忠:《曹丕集校注》,中州古籍出版社,1992年,第74～75页。

题，此处不再赘述，只举几个简单的例子，说明邺下文士用字造句之神奇绝妙带给后人的绵绵向往和无尽模仿。

曹植《公宴诗》有“秋兰被长坂，朱华冒绿池”二句，宋代范晞文《对床夜语》卷一评曰：“子建诗‘朱华冒绿池’，古人虽不于字面上著工，然‘冒’字殆妙。陆士衡云：‘飞阁缨红带，层台冒云冠。’潘安仁云：‘川气冒山岭，惊湍激岩阿。’颜延年云：‘松风遵路急，山烟冒垅生。’江文通云：‘凉叶照沙屿，秋容冒水浔。’谢灵运云：‘浮萍泛深沉，菰蒲冒清浅。’皆祖子建。”[①]由此可见曹植所炼“冒”字实乃刻画景物垂范后世传神之笔。

至于名句，尚有徐幹《室思》其三：“自君之出矣，明镜暗不治。思君如流水，何有穷已时”[②]。四句自然流畅，亲切动人，世代相传，后人多有截取拟作。刘宋孝武帝云：“自君之出矣，金翠暗无精。思君如日月，回环昼夜生。”直至唐代张祜，继作者有十五人之多。

再次，文学理论的思虑探讨。前文已论曹丕之《典论·论文》在邺下文人往来创作的基础上做出的理论总结与开拓，其实邺城时期不仅曹丕，曹植、吴质、繁钦、杨修、卞兰等人亦多表达过自己对于作家创作、禀性气质、文章价值等方面的见解和看法，这些观点渗透在书札往来中，品赏讥弹、切磋琢磨。藻评作家品性，如曹丕《又与吴质书》：“观古今文人，类不护细行，鲜能以名节自立。而伟长独怀文抱质，恬淡寡欲，有箕山之志，可谓彬彬君子者矣。……公干有逸气，但未遒耳。”[③]刘桢曾云：“孔

---

① 范晞文：《对床夜语》，庚申六日上海涵芬楼据六安氏聚珍版本影印，第 6～7 页。

② 俞绍初：《建安七子集》，中华书局，2005 年，第 145 页。

③ 夏传才、唐绍忠：《曹丕集校注》，中州古籍出版社，1992 年，第 108 页。

氏卓卓，信含异气，笔墨之性，殆不可胜。”[①]陈琳《答东阿王笺》美曹植言：“君侯体高世之才，秉青萍、干将之器，拂钟无声，应机立断，此乃天然异禀，非钻仰者所庶几也。”品论作家创作，曹丕《又与吴质书》言：“孔璋章表殊健，微为繁富。……（公幹）其五言诗之善者，绝妙时人。元瑜书记翩翩，致足乐也。仲宣独自善于辞赋，惜其体弱，不足起其文。”[②]《叙繁钦》言其作笺，“虽过其实，而其文甚丽”[③]。曹植《与吴季重书》赞其来信，“文采委曲，晔若春荣，浏若春风”[④]。《与杨德祖诗》嘲陈琳曰：“不闲于辞赋，而多自谓能与司马长卿同风，譬‘画虎不成反为狗’也”。卞兰盛颂曹丕赋作：“逸句烂然，沉思泉涌，华藻云浮，听之忘味，奉读无倦，正使圣人复存，犹称善不暇。”[⑤]（《赞述太子赋》）陈琳《答东阿王笺》美言曹植：“音义既远，清辞妙句，炎绝焕炳。”[⑥]

论及文体风格，曹丕《答卞兰教》言：“赋者，言事类之所附也；颂者，美盛德之形容也。”刘桢云：“文之体指实强弱，使其辞已尽而势有余，天下一人耳，不可得也。”[⑦]至于文章功用，曹丕《与王朗书》曾言：“生有七尺之形，死惟一棺之土，惟立德扬名，

---

① 范文澜：《文心雕龙注》，人民文学出版社，1958年，第514页。

② 夏传才、唐绍忠：《曹丕集校注》，中州古籍出版社，1992年，第108～109页。

③ 夏传才、唐绍忠：《曹丕集校注》，中州古籍出版社，1992年，第234页。

④ 赵幼文：《曹植集校注》，人民文学出版社，1984年，第143页。

⑤ 严可均：《全上古三代秦汉三国六朝文》（第三册），河北教育出版社，1997年，第310页。

⑥ 俞绍初：《建安七子集》，中华书局，2005年，第53页。

⑦ 范文澜：《文心雕龙注》，人民文学出版社，1958年，第531页。

可以不朽，其次莫如著篇籍。”[①]曹植《与杨德祖书》言：“辞赋小道，固未足以揄扬大义，彰示来世也。……吾虽德薄，位为藩侯，犹庶几戮力上国，流惠下民，建永世之业，流金石之功，岂徒以翰墨为勋绩，辞赋为君子哉。”[②]邺下文人精神上相嘘相存，创作上相磨相激，拥有开明通达的文学环境，也就推动了文学理论的发展。

① 夏传才、唐绍忠：《曹丕集校注》，中州古籍出版社，1992年，第107页。

② 赵幼文：《曹植集校注》，人民文学出版社，1984年，第154页。

结　　语

汉末乱世，群雄纷争，一代人杰曹操崛起。诸多文人为了实现建功立业、大济苍生的政治理想，聚集到时为曹操根据地的邺城。虽然没有成就赫赫功名，却因为曹氏集团良好的文学环境和文人自身卓绝的文学才华，成就了中国文学史上第一个文学色彩极为浓厚的文人集团——邺下文人集团。

邺下文人集团包括曹操、曹丕、曹植、王粲、陈琳、徐幹、刘桢、应玚、阮瑀等文学精英。其中，曹操虽为政治统帅，但连年出外征战，少有集体创作；曹植虽以“绣虎”称世，但组织能力稍逊一筹；曹丕则既有文才，又具组织才能，而且视野超乎众人，能够自觉总结集团成果和经验，从宏观上思考文人、文风及文学功用，因此是当之无愧的集团领袖。

邺下文人集团始于建安十三年，因为是年作为集团主要文人的王粲，继他人之后终于来到邺城。而建安二十五年，因为王粲等文士均已辞世，曹丕代汉称帝定都洛阳，曹植被封为临淄侯离开邺城，故而该年被视为集团结束时间。

作为统治者，曹氏父子虽然不能避免对下属臣僚的强势心态与专权行为，但对于衷心拥戴他们的文士来说，已经能够感受到相当和平友好的集团氛围。因而十三年间，文人进行了丰富而频繁的文事活动，游园宴饮，吟诗作赋，同题共作，书信往来，创作了大量优秀的文学作品。从题材内容角度归纳，主要涉及游宴、咏物、赠答、军戎、情爱等五个方面，不仅反映了当时文人的生活经历及思想状况，而且扩展了言情领域，包括人生、社会、自然等多种情感渗透、融合于诗歌辞赋之中，并且大量创作五言诗，推动了五言诗体的发展，语言运用能力和文字表现技巧得到很大提高。

集团文人间丰繁的创作实践，促进了文人们对于文学理论的探讨与思考。曹丕作为集团领袖，更是注重总结经验，并能够将其进行理论升华，其撰写的《典论·论文》，评判文人气格，辨析文体特点，概述文章功能，对后世文论产生深远影响。

参考书目

1. [汉]司马迁撰:《史记》,中华书局,1959 年版。
2. [汉]班固撰、[唐]颜师古注:《汉书》,中华书局,1962 年版。
3. [宋]范晔撰、[唐]李贤注:《后汉书》,中华书局,1965 年版。
4. [晋]陈寿撰、[宋]裴松之注:《三国志》,中华书局,1959 年版。
5. [宋]沈约撰:《宋书》,中华书局,1974 年版。
6. [唐]房玄龄撰:《晋书》,中华书局,1974 年版。
7. 逯钦立辑校:《先秦汉魏晋南北朝诗》,中华书局,1983 年版。
8. 严可均校辑:《全上古三代秦汉三国六朝文》,河北教育出版社,1997 年版。
9. [梁]萧统编、[唐]李善注:《文选》,上海古籍出版社,1986 年版。
10. 夏传才、唐绍忠校注:《曹丕集校注》,中州古籍出版社,1992 年版。
11. 赵幼文校注:《曹植集校注》,人民文学出版社,1984 年版。
12. 俞绍初校点:《王粲集》,中华书局,1980 年版。
13. 俞绍初校点:《建安七子集》,中华书局,2005 年版。
14. 逯钦立校注:《陶渊明集》,中华书局,1979 年版。
15. 顾绍柏校注:《谢灵运集校注》,中州古籍出版社,1987 年版。

16. 郁贤皓、张采民笺注:《建安七子诗笺注》,巴蜀书社,1990 年版。
17. 佘斯大选注:《建安七子》,岳麓书社,1998 年版。
18. 徐幹注:《中论》,上海涵芬楼影印明嘉靖乙丑(1565)青州刊。
19. 陆侃如著:《中古文学系年》,人民文学出版社,1985 年版。
20. 刘知渐著:《建安文学编年史》,重庆出版社,1985 年版。
21. 张可礼编著:《三曹年谱》,齐鲁书社,1983 年版。
22. [宋]刘义庆撰、[梁]刘孝标注:《世说新语》,中华书局,1999 年版。
23. [宋]范晞文:《对床夜语》,庚申六日上海涵芬楼据六安氏聚珍版本影印。
24. [梁]钟嵘著、陈延杰注:《诗品注》,人民文学出版社,1961 年版。
25. [梁]刘勰著、范文澜注:《文心雕龙注》,人民文学出版社,1958 年版。
26. [晋]张华撰、范宁校证:《博物志校正》,中华书局,1980 年版。
27. [唐]徐坚等注:《初学记》,中华书局,1962 年版。
28. [明]张溥著、殷孟伦注:《汉魏六朝百三家集题辞注》,人民文学出版社,1960 年版。
29. [清]王夫之著:《王船山遗书·古诗评选》,上海太平洋书店重校刊,1933 年版。
30. [清]张玉穀著、许逸民点校:《古诗赏析》,上海古籍出版社,2000 年版。
31. [清]沈德潜著:《古诗源》,中华书局,1963 年版。
32. [清]吴淇著:《六朝选诗定论》,清康熙八年(1669)刻本。

33. [清]叶燮著:《原诗》,人民文学出版社,1979 年版。
34. 王瑶著:《中古文学史论》,北京大学出版社,1998 年版。
35. 刘师培著:《中国中古文学史讲义》,上海古籍出版社,2000 年版。
36. 袁行霈主编:《中国文学史》,高等教育出版社,1999 年版。
37. 徐公持编著:《魏晋文学史》,人民文学出版社,1999 年版。
38. 吉川幸次郎著、章培恒等译:《中国诗史》,安徽文艺出版社,1986 年版。
39. 王钟陵著:《中国中古诗歌史》,江苏教育出版社,1988 年版。
40. 张可礼著:《建安文学论稿》,山东教育出版社,1986 年版。
41. 王巍著:《建安文学概论》,辽宁教育出版社,1989 年版。
42. 孙明君著:《三曹与中国诗史》,清华大学出版社,1999 年版。
43. 孙明君著:《汉末士风与建安诗风》,文津出版社,1995 年版。
44. 胡大雷著:《中古文学集团》,广西师范大学出版社,1996 年版。
45. 胡大雷著:《文选诗研究》,广西师范大学出版社,2000 年版。
46. 潘啸龙著:《邺下风流》,山西教育出版社,1994 年版。
47. 徐公持:《建安七子论》,《文学评论》,1981 年第 4 期。
48. 胡大雷:《邺下文学集团论》,《广西师范大学学报》,1991 年第 2 期。
49. 潘啸龙:《邺下社会和建安诸子的创作风貌》,《安徽师大学报》,1993 年第 4 期。
50. 龚斌:《建安时期的同题共作之风》,《古典文学知识》,1991 年第 3 期。
51. 魏宏灿:《邺下文学集团领袖论》,《许昌师专学报》,1995 年第 2 期。
52. 郭英德:《中国古代文人集团论纲》,《中国文化研究》,1991

年第 2 期。
53. 胡明:《关于三曹的评价问题》,《文学评论》,1993 年第 5 期。
54. 吴承学、何志军:《诗可以群——从魏晋南北朝诗歌创作形态考察其文学观念》,《中国社会科学》,2001 年第 5 期。
55. 梅新林:《建安文人集团的崛起——中国文学流派正式形成的标志》,《浙江师大学报》,1996 年第 6 期。

图书在版编目(CIP)数据

邺下文人集团研究 / 任慧著. — 秦皇岛:燕山大学出版社,2020.6
ISBN 978-7-5761-0020-4

Ⅰ. ①邺… Ⅱ. ①任… Ⅲ. ①中国文学—古典文学研究—东汉时代 Ⅳ. ①I206.342

中国版本图书馆 CIP 数据核字(2020)第 096369 号

邺下文人集团研究

任　慧　著

出 版 人:陈　玉
责任编辑:柯亚莉
封面设计:刘韦希
出版发行:燕山大学出版社 YANSHAN UNIVERSITY PRESS
地　　址:河北省秦皇岛市河北大街西段 438 号
邮政编码:066004
电　　话:0335-8387555
印　　刷:中国标准出版社秦皇岛印刷厂
经　　销:全国新华书店

开　　本:710 mm×1000 mm　1/16　印　　张:6.5　字　　数:100 千字
版　　次:2020 年 6 月第 1 版　印　　次:2020 年 6 月第 1 次印刷
书　　号:ISBN 978-7-5761-0020-4
定　　价:32.00 元